第十四道門

Coraline

尼爾．蓋曼 Neil Gaiman—著　馮瓊儀—譯

來自各界的好評

自從《納尼亞傳奇》系列故事之後，就再也沒有什麼神奇的旅程是從一個簡單的開門動作開始。而自從愛麗絲跌下兔子洞之後，就再也沒有如此奇特又嚇人的一段旅程。走過那道門，你就會相信愛，相信魔法，相信邪不勝正。

——《**今日美國報**》

精緻又不同凡響，讀起來的感覺就像是《愛麗絲夢遊仙境》遇上了史蒂芬．金。

——《**週日獨立報**》

《第十四道門》可能是蓋曼至今技巧最純熟、最揮灑自如的小說，甚至可能成為傳世經典。

——《軌跡》雜誌

現代鬼故事，所有恐怖要素齊備。幹得好。

——《紐約時報》書評特刊

《第十四道門》時而恐怖，時而滑稽；時而甜中帶苦，時而玩笑不羈。這本書可以三兩下輕鬆讀完，但又能帶來深度的享受。

——《舊金山記事報》

讓人嚇得跳起來的恐怖故事，小朋友可能會嚇得好幾個晚上睡不著。

——《出版家周刊》

一篇令人不寒而慄的絕妙散文，一個真正奇特的場景，一個觸動你我恐懼深處的寓言故事。

——《泰晤士報》

充滿創意，讓人毛骨悚然，而且積極正面。

——《華盛頓郵報》

要是有哪位作家有辦法讓小男生讀小女生的故事，那非尼爾・蓋曼莫屬。

——《電訊日報》

任何年齡的讀者都會貪婪地逐字逐句猛吞這本書。創意魔幻作家尼爾・蓋曼的最強力作……美國每一所學校的圖書館裡都該有這本書。

——《環球郵報》

這本美妙、好笑、恐怖、嚇死人的故事書，說有多好看就有多好看。

——**《亞馬遜童書快訊》**

適合心臟強壯又喜歡看點恐怖情節的小朋友。

——**《寇克斯評論》**

這本書說了個神奇又可怕的故事，快把我給嚇死了。除非你想嚇得自己啃著大拇指躲到床底下，否則我建議你慢慢放下這本書，找點別的娛樂，比如說查一查還沒破的懸案，或是用紗線編個小動物。

——**《波特萊爾大遇險》系列作者／雷蒙尼・史尼奇**

請起立鼓掌：《第十四道門》可是貨真價實的傑作！這本書既奇特又嚇人。

——**《黑暗元素三部曲》作者／菲利普・普曼**

我想，終於有本書可以把《愛麗絲夢遊仙境》從寶座上趕下來了。這是我讀過最原創、最古怪、最嚇人的書，但是卻又能讓兒童愛不釋手。

——**《魔法師豪爾系列》作者／戴安娜·韋恩·瓊斯**

這本書會讓你從頭到腳毛骨悚然，直想搭上計程車直衝機場。它是最精妙的童話故事，情節微妙驚悚，是本傑作，看完後還會大大改變你對鈕釦的想法。

——**《貓鼠奇譚》作者／泰瑞·普萊契**

這是本絕妙的恐怖好書。書裡魔幻的元素讓人驚喜，充滿新意，女主角必須對抗的邪惡勢力又是真的很嚇人。

——**《致命兒戲》作者／歐森·史考特·卡德**

導讀 門與門後的成長之旅

作家　許菁芳

有些兒童讀物，小時候讀覺得很刺激，成人後才發現——天啊，小孩子怎麼會讀這種東西？閱讀《第十四道門》（*Coraline*），我為當年的自己，以及現正讀得津津有味的小讀者們捏緊一把冷汗。不過，顯然，膽子小的其實是已經長大成人的我；兒童的心非常柔軟而具有彈性，能夠接受真實的黑暗，與真實的恐懼。正是因為孩子們擁有渾然天真，又能夠全然地接納，在驚悚小說裡可以經驗一場精彩的冒險，卻不會有任何傷害留下。

《第十四道門》的英文原書名是Coraline，是主角的名字。中文譯名並未直譯原書名，反而選擇另一個書中的重點，即主角寇洛琳在家中閒晃時發現的一道門。令人毛骨悚然的是，門的另外一邊，複製了寇洛琳的一切：一模一樣的家，鄰居，貓咪與老鼠，甚至還有一模一樣的爸爸與媽媽。寇洛琳知道門另一邊的媽媽是個假媽媽，假媽媽帶走人的靈魂，藏起寇的真媽媽。寇洛琳跟著一隻會講話的黑貓，要拯救在門後世界裡失去靈魂的孩子，找回她的爸爸媽媽，重新回到她的家。

門是極好的意向，因為門的背後有無限可能：是未知的空間，藏有神秘的人物，開啟一趟令人興奮到模糊的旅程。少年時我喜愛的動畫、小說，總是有一道令人難忘的門。《怪獸電力公司》有好多門，怪獸們上班就是穿過一扇扇門，通入小孩的房間，嚇唬他們以獲得能量。《納尼亞傳奇》裡有一座巨大的衣櫃，躲避戰爭的四個兄弟姊妹在老房子裡躲貓貓，打開衣櫃門卻進入了異時空，成為中古世紀的傳奇國王與女王。孩子的好奇心還沒有被這個世界抹滅，對冒險有絕佳的胃口。看到門，眼睛會發光，越是禁止他們開門，越是令人心癢難耐——好想知道門後有什麼！非得打開不可！人絕不可能阻止小孩開門（也不可能阻止貓咪開門），這點我是在我家九個月大的爬行幼兒身上得到的慘痛教訓（而小孩與貓是絕佳的冒險夥伴）。

門，是多麼令人興奮又害怕的存在。一道門，是本書打造奇幻之旅的第一個成功之處。

《第十四道門》的第二個成功之處，是扣緊「假媽媽」作為主角。對孩子來說，媽媽是最熟悉的人物。媽媽如果消失，所有孩子都會崩潰；媽媽如果憤怒，所有孩子都會害怕。而理所當然地，所有孩子都曾經想像過，眼前的媽媽還有沒有其他版本，有沒有更溫柔更愛我的媽媽存在於另外的時空中？主角寇洛琳所經驗的奇幻旅程，其實非常真實，毫無虛幻——孩子對母親的愛是渾然天成，如果媽媽不見了，孩子總是會知道，如地心引力一般自然轉向尋找媽媽之路。孩子也都知道媽媽真實的樣貌；即使有一個更溫柔、更會做菜、更有影響力的媽媽出現在面前，任何有形無形的貨幣都無法交換孩子的忠誠。孩子們總是知道真的媽媽在哪裡。寇洛琳原本想追求更刺激的生活，打開一扇門，掉進一個平行世界，但她毫無懷疑地要走回回家的路。

媽媽是所有人力量的泉源，媽媽是生命，是天是地，任何人心裡都有一個已經內化的媽媽。走向母親，是人的原始設定，是所有孩子的天然動力。建構在這個原則上的奇幻小說，雖是想像，卻比現實更加真實。

最後，本書第三個成功之處，則是建立在另一個生命發展的特徵之上。寇洛琳必須在沒有媽媽的世界裡獨立，也必須在真實世界裡除去偽媽媽的控制——這是所有孩子的成長歷程。寇洛琳進入的另一個世界，看起來跟原本的世界一模一樣；差別之處在於人們有鈕扣眼、還有些孩子失去了靈魂。這正是我們每個人每天所經驗到的現實：我們的社會關係往往都是家庭的再製與投射。人們與父母的相處成為權威原型，決定了與上司、主管、師長的互動樣態；而我們在家中的排行、與兄弟姐妹的關係則影響了工作上如何與同儕來往、社交時如何與同輩交流。離開原生家庭之後，人人都必須學習在沒有後援的情境中成長，甚至是學習辨認哪些經驗是來自於過去的陰影。

寇洛琳在另一個世界裡照顧自己，穿衣吃飯（即使是在艱難的處境裡也不會一整天穿著睡衣），手心裡握緊彈珠給自己信心，跟其他共同處境的小朋友做朋友，跟貓咪結盟分進合擊——這不正是我們每一個人的獨立宣言？寇洛琳回到自己的世界之後，仍然戰戰兢兢，隨時注意假媽媽的白手如何如影隨形。她甚至有意識地擺下鴻門宴，在準備好的時候，誘發敵人出動，正面迎擊陰影，終究令其離開自己的人生——這個刺激的過程，不正也是所有人的成長課題？

「如果心裡很害怕，卻還是不顧一切，努力去做，那就是真的勇敢。」這是寇洛琳對所有內在小孩的呼籲。難怪這本書會吸引孩子們的眼光，讓孩子們目不轉睛地讀下去；還能夠讓所有人心臟怦怦跳動，無論年歲，都感覺到年輕的靈魂在心裡共鳴，鮮活地躍動。

因荷麗而始
爲瑪蒂而終

童話故事都是千眞萬確的：不是因爲它們告訴我們惡龍眞的存在，而是因爲它們告訴我們，惡龍是可以打敗的。

——G・K・切斯特頓

前言

我們在一九八七年搬到英格蘭南部索塞克斯郡納特利的小鎮里特米德，入住那裡的一間公寓。這裡曾經是替英國國王的御醫所建的莊園大屋，這是前任屋主老先生在把房子賣給當地建商之前告訴我的。後來莊園大屋便被改建成了好幾間公寓。

我們住在四號公寓，這裡還不錯，就是有點怪。住在我們樓上的是一戶希臘人。樓下住著一位小老太太，眼睛半盲，我的孩子一走動，她就打電話上來說不曉得樓上怎麼了，但她懷疑我們家有大象。我其實不太確定這裡到底有幾間公寓，或究竟哪幾間有人住。

我們家的走道跟整間公寓一樣長，也跟房間一樣寬敞。走道盡頭是一扇衣櫥的門，還有一面鏡子。

在我開始替五歲的女兒荷麗寫書時，我將故事背景設定在家裡。感覺比較簡單，這樣我就不用向她解釋每件物品出現在哪裡。當然，我做了一點更動，對調了荷麗臥房跟起居室的位置。

然後，我從兒時家裡的客廳借用了打開後頭是面磚牆的橡木門，以及一點空間感。

那間房子又大又舊，在我們搬進去之前，還被隔成了兩間。我們住的是傭人區，外加橡木門門後接待貴客的客廳，以及盡頭的那扇門，原本是這戶人家的出入口，現在沒有通往任何地方，打開後是一堵磚牆。

我借用了那個空間與那扇門，同時還用上了祖母家的客廳（不是家人待的地方，而是接待客人的地方，牆上掛著水果的靜物油畫），我把這些元素通通放進了我當時寫的書裡。

這本書叫做《第十四道門》（*Coraline*）。我本來要讓女主角叫做「卡洛琳」，結果我拼錯了字……我看著「寇洛琳」三個字，明白這就是某人的名字了，而我想知道她的際遇。

荷麗喜歡恐怖故事，要有巫婆跟勇敢的小女孩。她會對我講這種故事，所以荷麗的故事肯定要很嚇人。

我寫下這樣的開頭，但後來刪掉了，原本的開頭是這樣的：

這是寇洛琳的故事，以這年紀來說，她身材瘦小，她發現自己身處於黑暗的危險之中。

在一切結束之前，寇洛琳看到鏡子之後的世界，從一隻邪惡的手中死裡逃生，與她的另一個媽媽正面對決；她克服萬難，拯救了她真正的爸爸媽媽，不然他們就會面臨比死更恐怖的下場。

這是寇洛琳的故事，她先是失去了爸媽，然後又找回了他們，（算是）毫髮無傷地逃了出來。（算吧？）

搬來美國之後，我就沒有繼續寫荷麗的書了（我必須用自己的時間寫，但我似乎沒有多少專屬於我的時間了）。

六年後，我決定重拾這個故事，從我在一九九二年八月停頓的句子繼續寫下去。

就是這句：

「你好，」寇洛琳說，「你怎麼進來的？」

貓咪一語不發。寇洛琳下了床……

我又開始寫這則故事，因為我明白我要是再不寫，等到完成時，我最小的女兒瑪蒂就大了，不會讀這種故事了——因荷麗而始，為瑪蒂而終。

現在我們一家住在美國中部的一間哥德風老宅裡，這裡有角樓跟環繞室內的門廊，還要踩著階梯上來。這棟房子於一百年前由一位德國移民所建，他是一位製圖師（也就是製作地圖的人）也是一位藝術家。據說他的兒子亨利是第一位將引擎安裝在船還是腳踏車上的人，擁有「賽車史上最有創意的人物」之美譽。

如今我重拾起《第十四道門》，但我仍然還是沒什麼時間，所以我會在夜裡的床上寫五十個字，然後睡著。最終，在我為了「漫畫的第一修正案（也就是跟言論自由有關的那條）」搭上募款郵輪，我終於在林中湖上的船艙裡寫完了這則故事。

我的好友，也是藝術家的戴夫·麥金（Dave McKean）拍下了里特米德的照片，他將照片加以運用，繪製出《第十四道門》原始封底的那棟房子。

亨利·謝利克（Henry Selick）以停格動畫手法拍攝《第十四道門》的電影時，他邀請我去工作室。工作室裡有很多場景，被黑幕蓋著。亨利驕傲地展示起寇洛琳在電影裡所住的屋子——她從英國某處搬到了奧瑞岡州，她所住的房子名叫「粉紅皇宮」。

「這就是我家。」我告訴亨利。

沒錯，亨利．謝利克的粉紅皇宮就是我現在住的房子，有角樓，有門廊什麼的。我們都不曉得這種事怎麼可能會發生，但對一部為了一個女兒在這棟房子開始寫，卻為了另一個女兒在另一棟房子結尾的故事來說，這樣奇妙的巧合似乎再恰當不過。

本書在二〇〇二年出版，深受讀者喜愛，得獎無數。更重要的是，至少對某些人來說，這則故事說得通。

我希望這則替女兒所寫的故事能夠教導她們一個道理，真希望我小的時候就能明白這個道理，那就是——勇敢不代表不害怕，勇敢代表你怕，真的很怕，非常害怕，但你還是作出正確的選擇。

於是，在十多年之後，我開始會遇上一些讀者，尤其是女性朋友，她們告訴我《第十四道門》陪伴她們撐過生命裡無數艱難的時刻。她們害怕時會想起寇洛琳，然後作出正確的選擇。

這點尤為重要，讓一切付出都值得。

尼爾・蓋曼

二〇一一年十二月五日

（楊沐希 譯）

Chapter 1

搬進新家沒多久，寇洛琳就發現了那道門。

新家其實是棟古老的房子，上有閣樓，下有地窖，還有個雜草叢生的庭園，園裡長著許多高大的老樹。

房子並不是全都是寇家的，房子太大了，只有一部分是寇家的。

老房子裡還住著別人。

寇家樓下，也就是一樓，住著史萍珂小姐跟福絲珀小姐。史小姐跟福小姐又老又胖，養了幾隻老老的高地㹴犬，名字叫做哈米許、安德魯、裘克之類的。從前從前，史小姐跟福小姐都曾經是女明星；史小姐第一次看到寇洛琳的時候，就這樣告訴她。

「卡洛琳，妳知道嗎……」史小姐說，她把寇洛琳的名字給弄錯了，「我跟福小姐以前都是大明星呢！孩子，我們可都曾經登台表演過呢！噢，別讓哈米許吃水果蛋糕，不然牠可要整晚鬧肚子了！」

「是『寇』洛琳，不是『卡』洛琳。是『寇洛琳』。」寇洛琳說。

寇家樓上，也就是閣樓，住著一個瘋老頭。瘋老頭長著一臉大鬍子，他告訴寇洛琳說他在訓練一個老鼠馬戲團，但是他不肯給人看。

「小卡洛琳，有一天，等牠們準備好，就會讓全世界的人大開眼界。妳問我為什麼現在不能讓妳看，是不是？」

「才不是。」寇洛琳靜靜地回答，「我是叫你不要再叫我卡洛琳。我是寇洛琳。」

「我不讓妳看老鼠馬戲團，」住在閣樓的老頭說，「是因為老鼠還沒準備好，還沒排練過；還有，牠們不肯演奏我替牠們寫的曲子。我寫給老鼠的曲子都像這樣：『砰砰砰』，但是白老鼠只肯演奏：『嘟嚕嚕』，我正打算換種起士餵牠們。」

寇洛琳才不相信真有什麼老鼠馬戲團，她覺得八成是瘋老頭瞎掰的。

搬進來的第二天，寇洛琳跑去大探險。

她在庭園裡探險。園子很大，最裡面有個老舊的網球場，但是這裡的住戶沒人打網球；網球場的圍籬破了洞，網子也幾乎爛光了。有個古老的玫瑰園，長滿了矮小的玫瑰叢，滿是蒼蠅卵，還有個遍佈岩石的假山庭園；草地上長了一圈蕈類，像小精靈在跳舞，濕濕軟軟的毒蕈手牽手圍圈圈，顏色黃黃黑黑的，如果不小心踩著了，那可真是臭死人啦！

園裡還有一口井。寇家搬進來的第一天，史小姐和福小姐就諄諄告誡寇洛琳，那口井非常危險，千萬別靠近。於是寇洛琳就出發到那口井探險，總要先知道井在哪兒，才能跟它保持距離嘛！

第三天，寇洛琳找到了那口井，就在網球場旁雜草叢生的草坪上，藏在一叢樹後面。那口井用低低的磚頭圍成，幾乎讓高高的雜草給遮住了。井口有幾片木板蓋住，免得有人掉進去；其中一片木板有個小孔，寇洛琳花了一個下午，從小孔丟小石頭、橡果進去，等啊等，數啊數，直到她聽到石頭跟橡果「噗通」一聲，掉進井底的水中。

寇洛琳也來了個動物大探險。她發現了一隻刺蝟、一條蛇的皮（但是沒看到蛇皮的主人）、一塊看起來像青蛙的石頭，和一隻很像石頭的青蛙。

還有一隻高傲的黑貓。牠坐在牆上或樹根上，看著寇洛琳，但是如果寇洛琳走過去想跟牠玩，牠就溜得不見蹤影。

寇洛琳就這樣在園子、野地裡探險，度過在新家的頭兩個星期。

晚餐和午餐時，寇媽媽會叫寇洛琳進屋吃飯。因為那一年的夏天很涼，所以出門前，寇洛琳一定要穿得暖暖的，但是寇洛琳還是繼續出門探險，一天又一天，直到有一天下雨了，寇洛琳不得不待在家裡。

「我該做什麼呢？」寇洛琳問。

「看書，」寇媽媽說，「看錄影帶，玩玩具，去吵史小姐跟福小姐，或是樓上的瘋老頭。」

「不要，」寇洛琳說，「我都不要，我要去探險。」

「妳要做什麼我都不管，」寇媽媽說，「只要妳不闖禍就行。」

寇洛琳走到窗邊，看著天上下雨。這種雨不是可以出門的那種雨，是另一種雨，從天上傾盆而下，在地上嘩啦啦濺起水花。這種雨通常有任務在身，而現在，這場雨的任務就是把花園變成一攤爛泥。

寇洛琳已經看過所有的錄影帶，玩具玩膩了，書也全都看完了。

她打開電視，轉來轉去，但是電視上只有幾個男人穿著西裝談股市，還有脫口秀。最後她終於找到節目看了：是一個自然科學節目，講的是「保護色」，節目已經到了後半部。寇洛琳看著動物、小鳥、昆蟲把自己偽裝成葉子、樹枝、或是其他的動物，好逃避敵人。她很喜歡這個節目，但是節目太短了，接下來是一個關於蛋糕工廠的節目。

該跟寇爸爸談談了。

寇爸爸在家。寇媽媽跟寇爸爸都靠電腦工作，也就是說，他們常常在家；兩個人有各自的書房。

「哈囉，寇洛琳。」爸爸頭也沒抬地說。

「嗯……」寇洛琳說，「下雨了。」

「是啊，」爸爸說，「是傾盆大雨呢！」

「才不是，」寇洛琳說，「只不過是普通的雨而已。我可以出去嗎？」

「妳媽怎麼說？」

「她說，寇洛琳，這種天氣不准出門。」

「那就是不行。」

「但是我想要繼續探險。」

「那就在房子裡探險，」爸爸提議，「妳看：這裡有紙跟筆，去數數門窗，把藍色的東西都記下來；不然就去找找熱水器在哪兒，別來吵我工作。」

「我可以去起居室玩嗎？」寇洛琳的奶奶過世時，留下了一些家具，寇家人把這些昂貴（又不舒服）的家具都放在起居室裡，不准寇洛琳進去。不過反正沒人會進去；只有最貴重的東西才能放進去。

「如果妳不闖禍，什麼都不碰，就讓妳進去。」

寇洛琳仔細想了想，決定還是拿起紙跟筆，在公寓裡探險。

她找到了熱水器（在廚房的櫃子裡）。

數了數藍色的東西（一百五十三）。

數了數窗子（二十一）。

數了數門（十四）。

十四扇門裡，有十三扇沒鎖，寇洛琳好奇地開了又關。剩下上了鎖的那一扇，是巨大的棕色木雕花門，就在起居室最裡面的一角。

她問媽媽：「那扇門通往哪裡？」

「小親親，那扇門哪裡都不通。」

「一定會通往哪裡的。」

媽媽聳聳肩，對寇洛琳說：「看了就知道。」

她伸手從廚房的門上拿下一串鑰匙，仔細挑一挑，然後選了一把最老、最大、最黑、鏽得最厲害的鑰匙，和寇洛琳一起走進起居室，用鑰匙開了門。

門開了。

媽媽說得沒錯，那扇門哪裡都不通，門後是一面磚牆。

「以前，這裡還是獨棟別墅的時候，」媽媽說，「那扇門通往某個地方，但是後來別墅改建成公寓，就把門堵了起來。門後面是隔壁的空公寓，還沒賣出去。」

她把門關了起來，把那串鑰匙掛回門上。

「妳沒鎖門。」寇洛琳說。

媽媽聳聳肩，「幹嘛鎖？」她說，「反正它哪裡都不通。」

寇洛琳沒說話。

天色暗了下來，雨還在下，啪嗒啪嗒地打在窗上，外頭街上的車燈也是一片朦朦朧朧。

爸爸暫放下工作，做了晚餐。

寇洛琳一點胃口也沒有。「爸爸，」她說，「你又自創食譜啦？」

「是韭蔥燉馬鈴薯，配上龍蒿跟融化的瑞士葛瑞爾乳酪。」爸爸招了。

寇洛琳嘆了口氣，然後走到冰箱，拿出一些微波馬鈴薯片，還有一塊微波披薩。

「你知道我不喜歡你的自創食譜。」她告訴爸爸，她的晚餐在微波爐裡轉啊轉，爐上小小的紅色數字慢慢倒數，直到變成了零。

「嚐嚐看，或許妳會喜歡。」爸爸說，可是寇洛琳搖搖頭。

那天晚上，寇洛琳躺在床上睡不著。雨停了，她漸漸進入夢鄉，但是突然有個聲音：ㄊ、ㄊ、ㄊ、ㄊ、ㄊ。她坐了起來。

有個聲音：

咿……

……啞

寇洛琳下床，看看走廊，但是沒看到什麼奇怪的東西。她走到走廊上；從爸媽的臥房裡，傳來爸爸低沉的打呼聲，還有媽媽偶爾說兩句夢話。

寇洛琳懷疑是自己在做夢。

有個東西動了動。

那個東西不只是個晃動的影子，它倉皇地跑向黑暗的走廊，就像是一小片黑夜。

寇洛琳希望它不是蜘蛛；她最討厭蜘蛛了。

那塊黑色的東西跑進了起居室，寇洛琳跟了過去，有點緊張。

起居室裡一片漆黑，只有從走廊透進一絲光線，寇洛琳站在門口，在起居室的地毯上投射出一大片扭曲的影子，看起來就像是一個瘦瘦的女巨人。

寇洛琳還在考慮要不要開燈，就看見那塊黑色的東西從沙發底下爬了出來；它停了停，然後靜悄悄地衝過地毯，跑向房間的最深處。

寇洛琳開了燈。

角落什麼也沒有，只有那扇古老的門，門後是一面磚牆。

她確定媽媽已經關上了這扇門，但是現在門卻微微開了一個小縫。寇洛琳走向前，探頭進去：空空如也，只有一面紅磚砌的牆。

寇洛琳關上古老的木門，熄了燈，上床去。

她夢見黑色的東西，到處爬來爬去，怕見著光，最後全都聚在月光下。黑黑的小東西，有著紅紅的小眼睛，黃黃的尖牙齒。

牠們唱起歌來：

我們小又小，我們多又多
我們多又多，我們小又小
你都還沒站起來，我們已經在這裡
等你終於倒下去，我們還是在這裡

牠們的音調高亢，像在耳邊低語，又有點像在嗚咽，寇洛琳覺得很討厭。

接著寇洛琳夢到幾個電視廣告，然後就什麼也沒夢見了。

Chapter 2

第二天雨停了，但是房子籠罩在一片濃濃的白霧中。

「我要去散步。」寇洛琳說。

「可別走遠了，」媽媽說，「穿得暖一些。」

寇洛琳穿上藍色的連帽大衣，圍上紅色的圍巾，穿上黃色的雨鞋。

她出了門。

史小姐在遛狗。「哈囉，卡洛琳，」史小姐說，「天氣真是壞透了。」

「是啊。」寇洛琳說。

「我曾經演過莎士比亞寫的《威尼斯商人》，我演女主角波西亞，」史小姐說，「福小姐老是提她演過《哈姆雷特》裡的奧菲莉亞，可是觀眾要看的，是我演的波西亞；我是說我們登台演戲的時候。」

史小姐全身裹著套頭毛衣、羊毛衫，看起來更矮、更圓了；她還戴著厚厚的眼鏡，眼睛看起來變大了，整個人就像是長了毛的大青蛙。

「以前他們還送花到我的化妝間呢！我可是說真的。」她說。

「誰送妳花？」寇洛琳問。

史小姐小心翼翼地環顧四周，左顧右盼，盯著霧裡猛瞧，好像怕有人在偷聽。

「男人。」她低聲說，然後用力扯著狗兒，蹣跚地走回家。

寇洛琳繼續散步。

快到家時，她看見了福小姐站在和史小姐合住的公寓前。

「卡洛琳，妳有看到史小姐了嗎？」

寇洛琳告訴福小姐她遇見了史小姐，還說史小姐在遛狗。

「真希望她別迷路了才好，要是迷路了，她可是會起疱疹的，到時妳就曉得了，」福小姐說，「霧這麼大，除非是探險家才能找到路。」

「我就是探險家。」寇洛琳說。

「孩子，妳當然是探險家啦，」福小姐說，「可別迷了路喔！」

寇洛琳繼續穿過霧氣濛濛的花園。她一直盯著寇家的房子，走了大概十分鐘，又回到了家門口。

她的劉海又濕又塌，臉也覺得濕濕的。

「唷呵！卡洛琳！」樓上的瘋老頭喊。

「噢，哈囉！」寇洛琳說。

霧氣很重，瘋老頭的身形若隱若現。

屋外有個樓梯經過寇家的前門，通往瘋老頭的家門口；瘋老頭慢吞吞地走下樓梯，寇洛琳在樓梯底下等。

「老鼠不喜歡霧，」他告訴寇洛琳，「霧氣會害老鼠的鬍鬚垂下來。」

「我也不太喜歡霧。」寇洛琳同意。

老頭低下頭，他身子彎得很低，鬍子都要碰到寇洛琳的耳朵了，「老鼠要我捎個口信給妳。」他低聲說。

寇洛琳不知該怎麼回答。

「牠們要我告訴妳：別走進那扇門。」他停了下來，「妳懂這是什麼意思嗎？」

「不懂。」寇洛琳說。

瘋老頭聳聳肩，「那些老鼠很奇怪，常把事情弄錯，還把妳的名字給弄錯了。牠們老是說『寇洛琳』，不是『卡洛琳』。明明就是『卡洛琳』嘛！」

他從樓梯底下拾起一個牛奶瓶，回頭往閣樓爬。

寇洛琳走進屋裡。媽媽在書房工作，房裡有花香。

「我該做什麼？」寇洛琳問。

「什麼時候開學？」媽媽問。

「下禮拜。」寇洛琳說。

「嗯……」媽媽說，「我想我該去幫妳買些上學穿的新衣服。親愛的，記得提醒我，不然我會忘記。」說完就繼續對著電腦打字。

「我該做什麼？」寇洛琳再問了一次。

「畫畫吧。」媽媽拿了一張紙跟一枝藍色的原子筆給她。

寇洛琳想畫霧。畫了十分鐘後，紙上還是一片空白，只有：

ㄨˋ　ㄨˋ

ㄨˋ

ㄨˋ

歪歪地寫在紙的一角。她咕噥了一聲，把畫紙拿給媽媽看。

「嗯……親愛的，非常有現代感。」媽媽說。

寇洛琳溜進起居室，想要打開角落的門。門又鎖上了，她想一定是媽媽鎖的。她聳聳肩。

寇洛琳去找爸爸。

爸爸背對著房門打字，「走開啦，」寇洛琳走進來的時候，爸爸愉快地說。

「我好無聊。」寇洛琳說。

「去學踢踏舞。」爸爸頭也沒回地建議她。

寇洛琳搖搖頭，「你為什麼不跟我玩？」她問。

「我很忙，」爸爸說完又說：「要工作，」還是沒有回頭看她。「妳怎麼不去煩史小姐跟福小姐？」

寇洛琳穿上大衣，拉起帽子，走出房子。她下樓，按了按史小姐跟福小姐家的門鈴，聽到蘇格蘭犬瘋狂地低吠，衝向門口。過了一會兒，史小姐出來開門。

「噢，卡洛琳，是妳啊，」她說，「安格斯、哈米許、布魯斯，坐下！寶貝們，是卡洛琳啦。親愛的，快進來，要不要喝杯茶？」

公寓裡有家具亮光漆跟狗的味道。

「好啊，謝謝。」寇洛琳說。史小姐帶她走進佈滿灰塵的小房間，告訴她這是書房。牆上掛著漂亮女人的黑白照片，還有裱了框的劇目表。福小姐坐在扶椅上，專心打毛線。

兩人替寇洛琳斟了茶，倒在粉紅色的骨瓷小杯裡，底下盛著小碟子，再配上葡萄乾薄餅乾。

福小姐看著史小姐，繼續打毛線，然後深深吸了口氣說：「萍珂啊，剛剛我說，妳還是不得不承認，老當益壯啊！」

「親愛的絲珀，我們都已經不年輕囉！」

「阿卡蒂夫人[1]、」福小姐回答，「《羅密歐與茱麗葉》裡的保姆、布瑞奈女士[2]……這些舞台上的角色，真讓人難以忘懷啊！」

「唉，絲珀，我們可是說好的，」史小姐說。

寇洛琳心想，她們大概忘了現在家裡有個小孩，不知在胡說些什麼，她猜她們大概又在鬥嘴了；這兩個人只是為了鬥嘴而鬥嘴，倒不是為了分什麼勝負，只要雙方都願意，其實可以一直無止無盡地拌嘴下去。

她啜了口茶。

「如果妳願意，我可以幫妳『讀茶葉』。」史小姐對寇洛琳說。

「什麼？」寇洛琳說。

「讀茶葉啊，親愛的，我可以幫妳預測未來。」

寇洛琳把茶杯交給史小姐，史小姐瞇著眼，緊緊盯著杯底，仔細瞧著黑色的茶渣，然後噘起嘴。

「卡洛琳，妳知道嗎？」史小姐瞧了一陣子後，對寇洛琳說，「妳的處境非常危險。」

福小姐哼了一聲，放下手邊的毛線，「萍珂，別鬧了，別嚇壞人家，妳的眼力愈來愈差了。孩子，把杯子拿來。」

寇洛琳把杯子拿給福小姐，福小姐仔細地瞧著杯底，搖搖頭，然後又瞧了瞧。

「噢，親愛的，」她說，「妳說得沒錯，萍珂，她是有危險。」

「看吧絲珀，」史小姐得意洋洋地說，「我的眼力還是跟以前一樣好……」

1. 《歡樂心靈》（*Blithe Spirit*）中的角色，由劇作家科沃德（Noel Coward，1899—1973）所作。
2. 《不可兒戲》（*The Importance of Being Earnest*）中的角色，由劇作家蕭伯納（Bernard Shaw，1856—1950）所作。

「我有什麼危險？」寇洛琳問。

史小姐跟福小姐茫然地盯著寇洛琳，「上頭沒寫，」史小姐說，「這種事，茶葉沒那麼準，真的不太準。茶葉可以指點大方向，但是小細節就沒辦法了。」

「那我該怎麼辦？」寇洛琳問，她有點嚇到了。

「別在更衣室裡穿綠色的衣服。」史小姐建議。

「也別提那部蘇格蘭劇[3]。」福小姐接著說。

寇洛琳心想，她遇見的大人，怎麼沒幾個神智清醒的，有時候她還覺得，這些大人大概不曉得自己在跟誰說話。

「要非常、非常小心。」史小姐說。她從扶椅上起身，走到壁爐邊，壁爐架上有個小瓶，史小姐打開小瓶，拿出一些東西。有個小小的瓷鴨、一個頂針、一枚奇怪的小黃銅幣、兩支迴紋針，還有一顆中間有洞的石頭。

她把有洞的石頭拿給寇洛琳。

「這是幹嘛的？」寇洛琳問。石頭的洞從正中央穿過去，從這頭可以望到那頭。她拿起石頭對著窗口，透過小洞望了出去。

「也許能助妳一臂之力，」史小姐說，「要是碰上壞事，這玩意兒有時還挺管用的。」

寇洛琳穿上大衣，向史小姐、福小姐還有狗兒告別，然後出了門。

房子籠罩在濃濃的霧氣中，她慢慢走向通往家門的樓梯，然後停下來，環顧四方。

霧氣濛濛，彷彿是個鬼怪的世界。寇洛琳心想：有危險？聽來挺讓人興奮的，不像是件壞事，一點也不像。

寇洛琳走回樓上，手中緊緊握著她新拿的石頭。

3. 指莎士比亞劇作《馬克白》（*Macbeth*），馬克白是蘇格蘭的國王，所以這部戲也常稱為「Scottish play」。

Chapter 3

第二天，太陽出來了，寇洛琳的媽媽帶她到鄰近最大的城鎮，買上學穿的衣服。這天爸爸因為要去倫敦找人，所以他先在火車站下了車。

寇洛琳跟爸爸揮手道別。

寇洛琳跟媽媽走進百貨公司，買上學穿的衣服。

寇洛琳看見螢光綠的手套，非常喜歡，可是媽媽不肯買，只肯買白色的襪子、上學穿的深藍色安全褲、四件灰色的襯衫，和一條深灰色的裙子。

「可是，媽媽，學校裡大家都有灰色的襯衫，但是沒人有綠色的手套，全校可能只有我有。」

媽媽不理她，自顧自跟店員說話，討論要買哪種毛衣給寇洛琳，最後決定，最好的辦法，就是買一件無敵寬大的毛衣，等到哪一天寇洛琳長大，穿起來就剛剛好了。

寇洛琳到處亂晃，看著一雙展示中的雨鞋，雨鞋的形狀好像青蛙、鴨子，也很像兔子。

然後她又晃了回去。

「寇洛琳？噢，妳在這兒啊，妳剛跑哪兒去啦？」

「我被外星人綁架了，」寇洛琳說，「他們來自外太空，帶著雷射槍，可是我戴上假髮，用外國人的腔調大笑，把他們騙倒，逃出來了。」

「是啊，親愛的。聽著，我想妳應該要再多買幾支髮夾對吧？」

「不用了。」

「嗯，為了保險起見，買個半打如何？」媽媽說。

寇洛琳一句話也沒說。

坐車回家的途中，寇洛琳說：「那間空的公寓裡有什麼？」

「我不知道，我猜什麼也沒有，可能跟我們還沒搬來的時候一樣，都是些空房間。」

「妳覺得我們家可以通到那間空的公寓嗎？」

「親愛的，除非妳會穿牆才行。」

「喔。」

她們大概在午飯時間到家；氣溫很低，但是陽光閃耀。媽媽看看冰箱，找到一顆又小又可憐的番茄，還有一片起司，起司上長了綠綠的東西，麵包箱裡只有一小片麵包皮。

「我最好趕快到店裡買些炸魚柳什麼的，」媽媽說，「要不要一起來？」

「不要。」寇洛琳說。

「隨便妳囉！」媽媽說完就出了門，然後又跑回來，拿了錢包跟車鑰匙再出門。

寇洛琳很無聊。

她翻了翻媽媽在看的書，書裡說遙遠國家裡的原住民，每天都在白色的絲綢上用蠟畫畫，畫完了再把絲綢泡在染料裡，接著再繼續用蠟畫絲綢，再泡在染料裡，然後用熱水泡絲綢，把蠟溶掉，絲綢就成了漂亮的畫，最後再把漂亮的絲綢燒成灰。

寇洛琳覺得這本書真是沒有意義，但是她還是希望有人會喜歡。

她還是很無聊，媽媽也還沒回家。

寇洛琳拿了張椅子，推到廚房的門前面，然後爬上椅子，伸出手往上搆，接著爬下椅子，從掃除櫃裡拿出掃把，爬回椅子，再拿著掃把往上撈。

噹啷！

她爬下椅子，撿起鑰匙，得意地微微一笑，把掃把靠牆放好，然後走進起居室。

寇家人從來不進起居室，起居室裡只擺著寇奶奶留下的家具；有一張木製的咖啡桌，一張床頭櫃，一個沉甸甸的玻璃菸灰缸，還有一張油畫，畫了一盆水果；寇洛琳覺得很奇怪，怎麼會有人想畫一盆水果？除此之外，起居室裡一無所有，壁爐上沒有小擺飾，沒有雕像也沒有時鐘，冷冷清清，一點人氣也沒有。

黑色的古老鑰匙看起來比其他東西都要陳舊，她把鑰匙插進鑰匙孔轉了轉，鑰匙發出一聲令人滿意的「喀答」聲。

寇洛琳停下來，側耳傾聽。她知道自己不乖，想聽聽媽媽是不是回來了，可是她什麼也沒聽見。寇洛琳轉動門把，終於開了門。

門後是一條黑暗的長廊，磚牆不見了，平空消失了！長廊裡飄來冰冷的霉味：聞起來好像是什麼又老又慢的東西。

寇洛琳走進門。

要是這條長廊能通到隔壁的空公寓，她真想去瞧一瞧。

寇洛琳不安地走進長廊，覺得這裡似曾相識。

腳下的地毯就跟家裡一樣，壁紙也一樣，長廊掛的畫也跟家裡走廊掛的沒兩樣。

她知道這裡是哪裡了：她在家裡，沒有離開。

她搖搖頭，一頭霧水。

她看著掛在牆上的畫：不，不太一樣；家裡走廊上的畫裡，有個男孩穿著過時的衣服，盯著泡泡看，但是現在，男孩的表情有點不一樣；他盯著泡泡看，好像在盤算著要對那些泡泡做什麼壞事，而且他的眼睛怪怪的。

寇洛琳盯著男孩的眼睛，努力想看出哪裡不對勁。

快要看出來的時候，有人喊：「寇洛琳？」

聽起來好像是媽媽。聲音是從廚房傳來的，於是寇洛琳走進廚房。有個女人站在廚房裡，背對著寇洛琳，看起來有點像媽媽，只不過……

只不過她的皮膚白得像紙。

只不過她比媽媽高也比媽媽瘦。

只不過她的手指長得不像話，還一直動個不停，紅色的指甲彎又尖。

「寇洛琳？」那個女人說，「是妳嗎？」

她轉過身來，雙眼是黑色的大鈕釦。

「吃午飯囉，寇洛琳。」女人說。

「妳是誰？」寇洛琳問。

「我是妳的另一個媽媽，」女人說，「去告訴妳的另一個爸爸，午餐好了。」然後把烤爐打開了。突然間，寇洛琳發現自己餓壞了，這味道好香啊！

「怎麼了？還不快去？」

寇洛琳穿過走廊，到爸爸的書房去；她打開門，有個男人在裡頭，坐在鍵盤前，背對著她。「你好……」寇洛琳說，「我……我的意思是，她說午餐好了。」

男人轉過身來。

他的雙眼也是鈕釦，又大又黑，閃閃發光。

「妳好啊，寇洛琳，」他說，「我餓扁了。」

他站起來，跟寇洛琳一起走到廚房，坐在餐桌前，寇洛琳的另一個媽媽把午餐端了上來：一隻金褐色的大烤雞，配上炸馬鈴薯和綠色的小豌豆。寇洛琳挖了一口食物塞進嘴裡，嗯！真好吃！

「我們已經等妳等了好久。」寇洛琳的另一個爸爸說。

「等我？」

「是啊，」另一個媽媽說，「這裡沒有妳就不一樣了，但是我們知道，有一天妳會來，我們就能一家團圓了。要不要再來點雞肉？」

寇洛琳從沒吃過這麼好吃的雞肉。媽媽有時候會弄雞肉來吃，但總是買現成的或是冷凍雞肉，乾乾的一點味道也沒有；輪到爸爸弄雞肉的時候，他會買真的雞回來，但是煮的方法很奇怪，像是把雞泡在酒裡，在雞肚子裡塞梅乾，或是包著酥皮烤，寇洛琳總是說什麼也不肯碰一下。

她又吃了些雞肉。

「我都不知道我還有另一個媽媽。」寇洛琳小心翼翼地說。

「當然有啦，每個人都有，」另一個媽媽說，黑色的鈕釦眼睛閃閃發光，「吃完午餐，我想妳可能會想在房間裡跟老鼠玩。」

「老鼠？」

「從樓上來的。」

寇洛琳只在電視上看過老鼠，從來沒親眼看過，她真是迫不及待。看來今天還真是有趣。

吃完午餐，另一個媽媽和另一個爸爸去洗碗，寇洛琳穿過走廊，到她的另一個房間。

這個房間跟她家裡的房間不一樣，首先，這個房間漆成了討厭的綠色跟奇怪的粉紅色。

寇洛琳心想，她才不要睡在這裡，但是這裡的配色，卻遠比她自己的房間有趣多了。

這裡有好多新奇的東西，她從來沒看過：上了發條的天使，拍著翅膀在房裡飛來飛去，活像受驚的麻雀；書裡的畫扭來扭去，爬來爬去，閃閃發光；小小的恐龍頭骨，會在她走過去的時候，牙齒咯咯作響；玩具盒裡裝滿棒透了的玩具。

寇洛琳心想：這才像話嘛！她望向窗外，外頭的景色跟她從自己房裡望出去的一模一樣：有樹林，有草地；越過樹林草原，在地平線那端，還有著遙遠的紫色山丘。

有個黑色的東西跑過地板，消失在床底。寇洛琳跪下來，看看床底；五十隻紅色的小眼睛回望著她。

「哈囉，」寇洛琳說，「你們就是那群老鼠嗎？」

那群小東西從床底下跑出來，陽光照得牠們睜不開眼。牠們身上的短毛黑得像煤炭一樣，小眼睛紅紅的，粉紅色的腳爪就像小小的手，粉紅色的尾巴上沒有毛，就像長長滑滑的蟲兒。

「你們會說話嗎？」她問。

最大最黑的老鼠搖了搖頭。寇洛琳心想，牠的笑容真讓人不舒服。

「那……」寇洛琳問，「你們會做什麼？」

老鼠圍成了一個圈圈。

接著，牠們開始疊羅漢，小心又敏捷，最後疊成了一個金字塔，最大的老鼠站在頂端。

老鼠開始唱歌，聲音高亢，又像是在耳邊低語：

我們有牙齒，我們有尾巴
我們有尾巴，我們有眼睛
你都還沒倒下去，我們已經在這裡
等到我們站起來，你卻還是在這裡

這首歌真不好聽。寇洛琳覺得自己一定聽過，或是聽過類似的歌曲，但是卻怎麼也想不起來在哪兒聽過。

接著金字塔散開，老鼠跑向門口，動作快又黑不溜丟。

另一個樓上的瘋老頭站在門口，手上拿著一隻又高又黑的老鼠。鼠群爬到他身上，鑽進口袋、襯衫，爬上長褲、衣領。

最大的老鼠爬上老頭的肩膀，盪過長長的灰色鬍子，再爬過黑色的大鈕釦眼，站在老頭的頭頂上。

不過幾秒鐘的時間，老鼠全不見了，只看見老頭的衣服下，一塊塊突起的東西不安分地動來動去，不停在他身上滑來滑去；那隻最大的老鼠站在老頭的頭頂上，用閃閃發光的紅色眼睛盯著寇洛琳。

老頭戴起帽子，最後一隻老鼠也不見了。

「妳好，寇洛琳，」另一個樓上的瘋老頭說，「我聽說妳來了。老鼠的晚餐時間到了，但是如果妳願意，可以跟我一起來，看我餵牠們吃東西。」

老頭的鈕釦眼裡有種飢餓的神情，讓寇洛琳好不舒服。「不用了，謝謝你，」她說，「我要出去探險。」

老頭慢慢地點點頭。寇洛琳聽見老鼠互相低語，但是聽不清楚牠們在說什麼。

她不確定自己是不是想知道老鼠在說什麼。

她走向走廊，另一個爸爸媽媽站在廚房門口，臉上掛著一模一樣的微笑，慢慢地揮著手。「在外頭好好玩。」另一個媽媽說。

「我們會在這裡等妳回來。」另一個爸爸說。

寇洛琳走到前門，轉過頭來看著他們。他們仍然看著她，揮著手，臉上掛著微笑。

寇洛琳走出門口，走下樓梯。

Chapter 4

這棟房子看起來也跟寇家一模一樣，只有一點小小的不同：史小姐跟福小姐家門上圍著藍色和紅色的燈泡，一明一滅，拼出不同的字，燈光繞著門邊一個個輪流亮起來，像在玩著捉迷藏，忽亮忽暗，轉來轉去：先是「舉世震撼」，接著是「聲光奪目」，再來是「席捲票房！」

天氣晴朗寒冷，跟寇洛琳離家的時候一樣。

她身後傳來一個優雅的聲音。

她轉過身，身旁的牆上站了一隻大黑貓，長得跟她在家裡園子看到的那隻貓一模一樣。

「午安。」貓咪說。

貓咪好像是在寇洛琳的腦袋裡說話，就像是寇洛琳自己在思考，只不過思考的聲音是個男人的聲音，而不是小女孩的聲音。

「你好，」寇洛琳說，「我在家裡的園子裡，看過一隻貓長得跟你一樣，你一定是『另一隻』貓。」

貓咪搖搖頭，「不，」牠說，「我不是什麼另一隻貓，我就是我，」牠把頭歪向一邊，綠色的眼睛閃閃發光，「你們人類總是像一盤散沙，到處亂跑，我們貓咪就不一樣了，我們喜歡待在一起，妳懂我意思吧？」

「應該懂吧！不過，如果你就是我在家裡看到的那隻貓，你怎麼會說話？」

貓咪不是人，沒有肩膀，但是那隻貓還是來了個「貓式聳肩」，先從尾巴的尾端開始，再一路順著身體動，最後鬍鬚翹了翹。

「我就是會說話。」

「在我家，貓咪可不會說話。」

「真的？」貓咪說。

「真的。」

貓咪從牆上跳到寇洛琳腳邊的草地上，動作流暢，然後抬頭望著她。

「嗯，這些事妳是專家，」貓咪冷冷地說，「反正，我怎麼會知道？我不過是隻貓。」

牠走了開去，頭跟尾巴翹得老高，神態驕傲。

「回來啦，」寇洛琳說，「拜託！對不起，我真的很抱歉。」

貓咪停下腳步，坐了下來，開始清理全身，故意對寇洛琳視若無睹。

「我……我們可以做朋友，你知道的。」寇洛琳說。

「我們也可以是稀有的外國種非洲跳舞象，」貓咪說，「但是我們不是，至少，」牠瞥了寇洛琳一眼，然後不懷好意地說，「我不是。」

寇洛琳嘆了口氣。

「拜託，你叫什麼名字？」寇洛琳問貓咪，「你瞧，我叫寇洛琳，這樣可以了吧？」

貓咪緩緩打了個呵欠，露出了嘴巴和舌頭，是嚇人的粉紅色，「貓咪沒有名字。」牠說。

「沒有名字？」寇洛琳說。

「沒有，」貓咪說，「我說啊，只有你們人類才有名字，因為你們不知道自己是誰；我們知道自己是誰，所以我們不需要名字。」

寇洛琳覺得這隻貓好自大，真讓人不舒服，好像全世界除了牠，沒別的東西重要。

寇洛琳既想好好教訓牠一頓，又想對牠恭敬有禮；掙扎了一會兒，還是決定要當個有禮貌的小孩。

「請問，這裡是哪裡？」

貓咪瞥了瞥四周，「這裡就是這裡。」貓咪說。

「不用說也曉得。那……你是怎麼來這裡的？」

「跟妳一樣，走路來的，」貓咪說，「就像這樣。」

寇洛琳看著貓咪慢慢走過草坪，走到一棵樹後面，但是卻沒從另一邊走出來；寇洛琳走上前，瞧瞧樹後面，卻連個貓影也沒看到。

她走回屋子，背後又傳來一陣優雅的聲音。貓咪又出現了。

「話說回來，」貓咪說，「妳還算聰明，帶了護身符來。如果我是妳，就會片刻不離護身符。」

「護身符？」

「沒錯，」貓咪說，「還有，總之呢……」

牠停了下來，專心盯著什麼瞧，但是眼前什麼也沒有。

牠低低地蜷伏著身子，慢慢前進了兩、三步，好像在準備突襲一隻看不見的老鼠。突然間，牠拔腿衝向樹林。

貓咪消失在樹林間。

寇洛琳猜想著貓咪話中的涵義。

她也在猜想，在她原來的世界裡，貓咪是不是都會說話，只是不肯說罷了，還是只有在這個世界裡，貓咪才會說話……管他這裡是哪裡。

她走下紅磚階梯，到史小姐和福小姐家的前門；藍色和紅色的燈泡一閃一滅。

門留了個小縫。她舉手敲門，但才敲了第一下，門就打開了，寇洛琳走了進去。

房裡黑漆漆的，有灰塵和天鵝絨的味道，門在她身後關了起來，更是伸手不見五指。寇洛琳慢慢走進狹小的前廳，臉擦過一個軟軟的東西，是塊布幔；她伸出手，推開布幔。

天鵝絨布幔的另一邊是個昏暗的戲院，寇洛琳站著，瞇著眼睛瞧。遠處，在房間的一角，有個高高的木製舞台，上頭空空盪盪的，只有黯淡的聚光燈從高處打向舞台。

在寇洛琳跟舞台之間，有許多座椅，一排又一排的座椅。突然間，傳來一陣窸窸窣窣的腳步聲，有道燈光朝寇洛琳射過來，照過來又照過去；等到燈光靠近，她發現那是手電筒的燈光：一隻黑色的大蘇格蘭犬，口裡啣著手電筒，牠的年紀很大，口鼻都灰白了。

「你好。」寇洛琳說。

大狗把手電筒放在地上，抬頭看著她，兇巴巴地說：「好，給我看看妳的門票。」

「門票？」

「沒錯，門票。我沒時間跟妳耗，沒門票就不能看表演。」

寇洛琳嘆了口氣，「我沒有門票。」她坦白承認了。

「又來了，」大狗陰沉沉地說，「妳這膽大包天的傢伙，進來吧！『票呢？』『沒票』，真讓人搞不懂……」牠搖搖頭，然後聳聳肩，「進來啦！」

大狗啣起手電筒，走進黑暗裡，寇洛琳跟在後頭；牠走近舞台前方，停下腳步，用手電筒指著一個空的座位。寇洛琳坐了下來，大狗便晃走了。

等寇洛琳的眼睛適應了黑暗，她發現其他座位上坐的都是狗。

突然間，後台傳來一陣嘶嘶聲，就像是在唱盤裡放了張沙沙作響的老唱片。嘶嘶聲停下來，傳來了喇叭聲，史小姐和福小姐登台了。

史小姐一邊騎著單輪車，一邊表演空中拋球；福小姐在她身後蹦蹦跳跳，提著一籃花，邊走邊撒花瓣。兩人走近舞台前方，史小姐敏捷地跳下單輪車，兩位女士深深鞠了個躬。

狗兒紛紛搖起了尾巴，興奮地吠著，寇洛琳也很有禮貌地拍拍手。

接著史小姐和福小姐解開毛大衣的鈕釦，打開大衣，但是不只是大衣打了開來，她們的臉就像兩片空的貝殼，也跟著打了開來；從兩個肥滿、毛茸茸的空殼身體裡，走出兩位妙齡女子，身形苗條，膚色蒼白，模樣挺漂亮的，還有雙又大又黑的鈕釦眼。

新的史小姐穿著綠色緊身褲，腿上裹著棕色長靴；新的福小姐則穿著白色的洋裝，長長的金髮上綴著花朵。

寇洛琳在座位上往後靠了靠。

史小姐走下舞台，留聲機的唱針滑過唱片，喇叭聲變成了刺耳的尖叫聲，最後停了下來。

「我最喜歡這一段了。」寇洛琳旁邊的小狗悄聲說。

另一個福小姐從舞台角落的盒子裡拿出一把刀，問道：「我手上的是不是把匕首啊？」

「是！」所有的小狗大叫，「是匕首！」

福小姐行了個禮，所有的狗兒又紛紛搖起尾巴，這次寇洛琳就懶得拍手了。

史小姐回到台上，拍拍大腿，所有的小狗跟著低吠了起來。

「好，」史小姐說，「絲珀跟我非常榮幸向各位呈現全新的表演，保證精采刺激！有沒有人自願上台啊？」

寇洛琳旁邊的小狗用前掌推推她，「就是妳。」牠低聲說。

寇洛琳站起身，沿著木頭階梯走上舞台。

「請大家為這位年輕的自願者掌聲鼓勵！」史小姐說。狗群低吠、尖叫，用尾巴拍著天鵝絨椅。

「好的，寇洛琳，」史小姐說，「妳叫什麼名字？」

「寇洛琳。」寇洛琳說。

「我們彼此不認識，對吧？」

寇洛琳看著眼前這個有著黑鈕釦眼的苗條妙齡女子，緩緩搖了搖頭。

「好，」另一個史小姐說，「去站在那兒。」她領著寇洛琳走到舞台一側的板子前，在寇洛琳的頭上放了個氣球。

史小姐走到福小姐身邊，用黑色的圍巾把福小姐的鈕釦眼蒙了起來，然後塞了把刀在福小姐手中，把福小姐轉了三、四圈，再對準寇洛琳。寇洛琳屏住氣，兩手緊緊握拳。

福小姐對著氣球射出飛刀，氣球發出「啪」一聲巨響破掉，刀子插入板中，在寇洛琳的頭上左右彈動著，寇洛琳終於鬆了口氣。

狗兒興奮得不得了。

史小姐送給寇洛琳一盒小小的巧克力，謝謝她這麼勇敢。寇洛琳回到座位。

「妳好厲害。」小狗說。

「謝謝你。」寇洛琳說。

福小姐和史小姐開始在空中拋起了巨大的木棒，寇洛琳打開那盒巧克力，小狗用充滿渴望的眼神看著巧克力。

「要不要吃一個？」她問小狗。

「要，麻煩妳，」小狗低聲說，「但是我不要太妃口味的，我會流口水。」

「我以為巧克力對狗兒不好。」寇洛琳說，想起了福小姐曾經說的話。

「也許在妳來的那個地方，巧克力對狗兒是不太好，」小狗低聲說，「但是在這裡，我們只吃巧克力。」

四周一片漆黑，寇洛琳看不到她拿的是哪種巧克力，只好先試吃一小口，結果是椰子口味；寇洛琳不喜歡椰子，就給了小狗。

「謝謝妳。」小狗說。

「不客氣。」寇洛琳說。

福小姐和史小姐好像在演戲。福小姐坐在四腳梯上，史小姐站在梯子底部。

「虛名何要？」福小姐說，「玫瑰無玫瑰之名，依然芳香如故[4]。」

「還有巧克力嗎？」小狗說。

「吾不知應如何告汝吾之名[5]。」史小姐對福小姐說。
「這一段很快就結束了，」小狗低聲說，「然後她們就會開始跳土風舞。」
「會開多久？」寇洛琳問，「我是說戲院會開多久？」
「一直都開著，」小狗說，「永遠永遠開著。」
「喏，拿去，」寇洛琳說，「巧克力都給你。」
「謝謝妳。」小狗說。寇洛琳站了起來。
「回頭見了。」小狗說。
「再見。」寇洛琳說。她走出劇院，回到園子裡，眼睛一時無法適應陽光，瞇了起來。
她的另一個爸爸和媽媽在園子裡等她，肩並著肩站著，臉上掛著微笑。
「玩得愉快嗎？」另一個媽媽說。

4.、5. 皆出自莎士比亞《羅密歐與茱麗葉》劇作中的臺詞。

「很有趣。」寇洛琳說。

三個人一起走回寇洛琳的另一個家。另一個媽媽用長長的白色手指，輕撫寇洛琳的頭髮，寇洛琳甩甩頭，「不要碰我。」寇洛琳說。

另一個媽媽拿開手。

「那麼，」另一個爸爸說，「妳喜歡這裡嗎？」

「大概吧，」寇洛琳說，「這裡比家裡有趣多了。」

三人走進屋裡。

「我很高興妳喜歡這裡，」媽媽說，「因為我們希望妳把這裡當作自己家；如果妳喜歡，妳可以永遠永遠待在這裡。」

「嗯……」寇洛琳說。她把手放進口袋，仔細考慮。她的手碰到真的史小姐和福小姐前一天給她的石頭，那顆有洞的石頭。

「如果妳想留下來，」另一個爸爸說，「妳只要做一件很小很小的事，然後妳就能永遠永遠留下來。」

他們走進廚房。餐桌上的瓷盤裡放著一捲黑棉線，一根長長的銀針，還有兩顆大大的黑鈕釦。

「我想不用了。」寇洛琳說。

「喔，但是我們希望妳留下來，」另一個媽媽說，「我們要妳留下來，這不過是件小事而已。」

「不會痛的。」另一個爸爸說。

寇洛琳知道，如果大人說不會痛，就一定很痛。她搖搖頭。

另一個媽媽露出燦爛的微笑，她的頭髮就像海底的植物一樣，四處飄動，「我們只希望妳得到最好的。」她說。

她把手放在寇洛琳的肩上；寇洛琳往後退。

「我要走了。」寇洛琳說。她把手放進口袋，緊緊抓著那顆有洞的石頭。

另一個媽媽的手急忙放開寇洛琳的肩膀，就像一隻受到驚嚇的蜘蛛。

「如果妳想走就走吧。」她說。

「我想走了。」寇洛琳說。

「不過，我們很快就會再見，」另一個爸爸說，「我們等妳回來。」

「嗯。」寇洛琳說。

「然後我們就會一家團圓，」另一個媽媽說，「永遠永遠。」

寇洛琳向後退，轉身跑向起居室，拉開角落裡的門；門後面沒有磚牆，只有一片漆黑，如黑夜地底的漆黑，好像有什麼東西在裡頭潛行著。

寇洛琳遲疑了，她回過頭，另一個爸爸和媽媽手牽著手走向她。他們用黑色的鈕釦眼望著她，或者，至少她覺得他們正在看著她，她不太確定。

另一個媽媽伸出空著的手，用一根長長的白色手指，對寇洛琳輕輕地招手；她蒼白的嘴唇好像在說：「快去快回。」但是卻沒有聲音。

寇洛琳深深吸了口氣，走進黑暗，耳邊傳來奇怪的低語，遠方有狂風咆哮。她確定黑暗裡有東西追著她，那東西又老又慢。她的心跳又急又大聲，她好怕她的心臟會蹦出胸口。她閉上了雙眼，不理四周一片漆黑。

終於，她撞到了東西。她睜開眼，嚇了一跳：原來她撞上了扶椅，在起居室裡的扶椅。

身後，原本敞開的通道成了一面堅固的紅磚牆。

她回到家了。

Chapter 5

寇洛琳用冰冷的黑色鑰匙鎖上起居室裡的門。

她走回廚房，爬上椅子，想把那串鑰匙放回門上。試了四、五次以後，只得承認自己還不夠高，而把鑰匙放在門邊的料理台上。

媽媽出去買東西，還沒回來。

寇洛琳跑到冰箱前，從底層拿出剩下的冷凍吐司，自己塗上果醬和花生醬吃掉，還喝了一杯水。

她等著爸爸媽媽回來。

天色漸漸變暗的時候，寇洛琳自己弄了個微波披薩來吃。

然後寇洛琳看電視，心想，為什麼大人的節目都那麼好看，總有人開槍射來射去，跑來跑去。

過了一會兒，她開始打呵欠，於是換上睡衣，刷牙睡覺。

到了早上，她跑到爸媽的房間裡，但是床上沒有睡過的痕跡，爸媽也不見人影。她吃了罐頭義大利麵當早餐。

午餐她吃了一整塊烹調用的巧克力，還有一顆蘋果。蘋果是黃色的，還有一點乾乾的，但是又甜又好吃。

下午茶時間，她跑去找史小姐跟福小姐，吃了三塊消化餅，一杯檸檬汁，一杯淡茶。那杯檸檬汁非常有趣，喝起來一點檸檬味也沒有，只有鮮綠色的味道和微微的化學味，寇洛琳超愛的，真希望家裡也有。

「妳親愛的爸爸媽媽還好嗎？」史小姐問。

「失蹤了，」寇洛琳說，「從昨天開始就沒看到他們了，只有我一個人。我想我大概成了『單兒家庭』。」

「告訴妳媽媽，我們找到那個『格拉斯哥王朝戲院[6]』的剪報了。絲珀上次跟她提的時候，她好像非常感興趣。」

「她離奇失蹤了，」寇洛琳說，「我想我爸也是。」

6. Glasgow Empire，位於蘇格蘭最大城格拉斯哥的一間戲院，創建於一八七四年，培養了相當多知名的演員，但在一九六三年關閉。

「卡洛琳小可愛，恐怕我們明天一整天都不在家，」福小姐說，「我們要去萍珂在皇家唐橋井[7]的姪女家。」

她們給寇洛琳看了一本相簿，裡頭有史小姐的姪女，然後寇洛琳就回家了。

她打開存錢筒，走到超級市場，買了兩大瓶檸檬汁，一塊巧克力蛋糕，一袋新鮮的蘋果，然後回家吃掉這些東西當晚餐。

她刷了牙，走到爸爸辦公的房間裡，打開電腦，寫了一個故事。

寇洛琳的故事

有個女生她的名子叫蘋果她很喜歡跳舞。她一直跳一直跳結果她的腳變成香腸，沒了。

她把這個故事印出來，然後把電腦關機，接著在印出來的字下面，畫了一個小女孩在跳舞。

她自己洗澡，可是加了太多泡泡沐浴精，泡泡滿了出來，弄得整個地板都是。她擦乾身體，努力把地板擦乾淨，然後上床睡覺。

半夜，寇洛琳醒來，跑到爸媽的臥室，但是床上還是整整齊齊、空空盪盪。時鐘上綠色的螢光數字顯示：

3:12 AM.

深更半夜，寇洛琳孤單單的一個人，不禁哭了起來。除了她的哭泣聲，空盪盪的房子裡一片寂靜。

7. Royal Tunbridge Wells，英國東南部肯特郡的礦泉療養地。

她爬進爸媽的床鋪，過了一會兒就沉沉睡去。

一雙冰涼的腳掌拍打寇洛琳的臉，叫醒了她。她睜開雙眼，有雙綠色的大眼睛跟她對望著。是那隻貓。

「你好，」寇洛琳說，「你怎麼進來的？」

貓咪一語不發。寇洛琳下了床，她穿著長T恤和睡褲。「你是來報信的嗎？」

貓咪打了個呵欠，眼睛閃著綠光。

「你知道爸爸媽媽在哪裡嗎？」

貓咪對她慢慢眨了眨眼。

「那是表示知道的意思嗎？」

貓咪又眨了眨眼，寇洛琳覺得那一定是表示牠知道。「你能帶我去找他們嗎？」

貓咪盯著她看，然後走到走廊上，寇洛琳跟在後頭。牠走過長長的走廊，停在走廊的盡頭，那裡有面全身鏡。很久以前，那面鏡子曾經是衣櫃的鏡子，寇家人搬進去時，就已經掛在牆上了，雖然偶爾媽媽會說要換上新的東西，卻從來沒真的換過。

寇洛琳打開走廊裡的燈。

鏡子反射出她背後的走廊，這一點也不讓人意外，但是，鏡子裡竟也反射出爸爸媽媽。他們站在走廊的倒影裡，看起來又傷心又孤單。寇洛琳看著爸爸媽媽，他們慢慢地向寇洛琳揮手，雙手軟弱無力。爸爸的手環抱著媽媽。

鏡子裡的爸爸媽媽望著寇洛琳。爸爸張開嘴說話，可是寇洛琳什麼也聽不見。媽媽在鏡子裡呵了口氣，趁霧氣還沒消失，很快地用食指指尖寫了：

救命

鏡子裡的霧氣散去，爸爸媽媽也消失了，現在鏡子裡只有走廊、寇洛琳，還有那隻貓。

「他們去哪兒了？」寇洛琳問貓咪，貓咪沒有回答，但是寇洛琳可以想像牠的聲音，乾乾啞啞的，就像冬天裡死在窗台上的蒼蠅一樣乾透了，說著：哼，還能去哪兒？

「他們不會回來了，是吧？」寇洛琳說，「他們想回也回不來。」

貓咪對她眨了眨眼，寇洛琳覺得牠同意了。

「好吧，」寇洛琳說，「我想現在能做的只有一件事。」

她走到爸爸的書房，坐在爸爸的書桌前，然後拿起電話，打開電話簿，打給當地的警察局。

「警察局，您好。」一個粗啞的男聲說。

「喂，」她說，「我叫寇洛琳。」

「小姑娘，妳不是該上床睡覺了嗎？」

「可能吧，」寇洛琳說，決心不讓警官把話題岔開，「我要報案。」

「報什麼案？」

「綁架。有人把我的爸媽偷走了，帶到我家走廊鏡子裡的另一個世界。」

「妳知道是誰偷的嗎？」警官問。寇洛琳聽得出來他的話中帶著微笑，她拚命努力讓自己聽起來像個大人，好讓警官認真理會她。

「我想是我的另一個媽媽用爪子把他們兩個抓走了。她可能想留住他們，然後把黑色的鈕釦縫進他們的眼睛，或者她只想用他們引我回去，我不確定。」

「啊，她可怕的手指就像惡毒的爪子，對吧？」警官說，「嗯……妳知道我的建議是什麼嗎，寇小姐？」

「不知道，」寇洛琳說，「是什麼？」

「去叫媽媽幫妳弄一大杯熱巧克力，再給妳一個大大的擁抱。熱巧克力跟大大的擁抱最能夠趕走惡夢了。如果媽媽叫妳走開，不要吵她睡覺，妳就告訴她是警察叔叔說的。」他的聲音低沉，聽來讓人安心。

但是寇洛琳一點也不安心。

「等我看到她，」寇洛琳說，「我會告訴她。」接著就掛了電話。

寇洛琳講電話的時候，黑色的貓咪坐在地板上整理毛髮，現在牠站了起來，走向走廊。

寇洛琳走回自己的臥室，穿上藍色的睡衣和拖鞋。她在水槽底下找到一支手電筒，但是電池快要沒電了，只發出稻草般黯淡的微光。她放下手電筒，找到一盒緊急用的白色蠟燭，在燭台上插上一支蠟燭，還在每個口袋裡各塞了一顆蘋果，然後拿起那串鑰匙，把古老的黑色鑰匙解了下來。

她走到起居室，看著那扇門，覺得那扇門也在看著她；她知道這個念頭很傻，可是仔細想想，也許門真的在看她。

她走回臥室，在牛仔褲的口袋裡掏來掏去，找到那顆有洞的石頭，放進睡衣的口袋。

她用火柴點亮了蠟燭，看著燭火發出劈哩啪啦的聲音，亮了起來，然後拿起古老的黑色鑰匙。鑰匙在手中冰冰冷冷的。她把鑰匙插入門上的鑰匙孔，轉動鑰匙。

「小時候，」寇洛琳對貓咪說，「很久很久以前，我們還住在舊家的時候，家裡跟商店區之間有些荒廢的空地，爸爸會帶我到空地散步。

「其實那裡不是什麼散步的好地方，大家都把東西亂丟在那兒：舊廚具、破盤子、沒手沒腳的洋娃娃、空罐子、破瓶子。爸爸和媽媽要我保證不會去那裡探險，因為那裡有太多尖尖的東西，會得破傷風之類的。

「可是我一直告訴他們我想去那裡探險，所以有一天，爸爸就穿上棕色的大靴子，戴上手套，再幫我穿上靴子、牛仔褲和毛衣，跟我一起去探險。

「我們大概走了二十分鐘，越過山丘，走到山谷的一條小溪，爸爸突然大喊：『寇洛琳！快跑！跑到山丘上去！快！』他的語氣又兇又急，所以我就乖乖聽話，跑到山丘上去。我一邊跑，一邊覺得我的手臂後面好痛，但是我還是一直跑。

「我爬到山頂的時候，聽到有人砰隆隆地從我身後爬上了山丘，是爸爸，他喘吁吁的，一跑到我身邊，就把我一把抱起，丟到山脊上去。

「然後我們停下來，拚命喘氣，回頭看著山谷。

「滿天都是黃蜂！我們一定是散步的時候，不小心踩到爛樹根裡的黃蜂窩了。我往山丘跑，爸爸留下來讓黃蜂叮，幫我爭取時間逃跑。他跑過來的時候，眼鏡還掉了。

「我只有手臂後面被螫了一下，爸爸全身卻被螫了三十九個地方；我們後來洗澡的時候數的。」

黑貓開始舔自己的臉跟鬍鬚，漸漸失去了耐心。寇洛琳蹲下來，摸摸牠的頭和脖子，牠站起身，走了幾步，不讓寇洛琳摸，然後坐下來，再抬頭看著她。

「然後，」寇洛琳說，「那天傍晚，爸爸回去空地拿眼鏡，他說，如果隔天再去拿，他就會忘記眼鏡掉在哪裡了。

「不久，他戴著眼鏡回家了。他說他站在那裡讓黃蜂螫的時候，一點也不

9件待洗物品×9篇暖心故事×9堂哲學思辨
＝這間洗滌人生的洗衣舖！

時光洗衣鋪

海蒂（李家雯）—著

戀愛需不需要保證永遠？忙碌的生活真的充實嗎？
失去摯愛的我們還剩下什麼？

資深日文譯者 **王蘊潔**★長耳兔心靈維度創辦人兼講師 **李崇義**★諮商心理師 **胡展誥**★諮商心理師．暢銷作家 **陳志恆**★「Life不下課」主持人 **歐陽立中**★「館長小編的圖書館日常」版主 **彭冠綸**★諮商心理師．「愛智者書窩」版主 **鐘穎** **開幕誌慶** 依姓名筆畫序排列

CROWN 皇冠
832期
2023/6
神啊！
救救我的幽默感
台灣媳婦法國妞｜野腳小秋｜黃小胖
楊佳榮 Jerome Yang｜瑪那熊｜盧建彰
譚宥宜(Afra)｜讀者太太
（依姓名筆畫排列）
開玩笑是門藝術，幽默感是種天賦？
從個人特質、文化差異，
到自娛娛人笑看日常糗事，
一次包攬所有的幽默學問！
本月焦點 海蒂 時光洗衣舖的幕後故事
從專欄發想到成書的幕後祕辛，
還有諮商師精采的哲學問答，聆聽故事中的故事！
浮世百繪 顏理謙 希望多美麗
「涼家婦女」顏理謙最新短篇力作！
精準描繪都市叢林下的人性百態！
CROWN
皇冠
832期
2023/6
神啊！
救救我的
幽默感

害怕，只是一直看著我跑，因為他知道他一定要幫我爭取時間，不然我們兩個都要讓黃蜂螫得滿頭包了。」

寇洛琳轉動鑰匙，發出「噹啷」的一聲巨響。

門開了。

門後面沒有磚牆，只有一片黑暗；長廊裡吹來一陣寒風。

寇洛琳站在原地不動。

「他還說，站在那裡讓黃蜂螫，其實一點也不勇敢，」寇洛琳對貓咪說，「因為他一點也不害怕，所以一點也不勇敢，他沒有別的辦法。但是明明知道有黃蜂，心裡很害怕，卻還是回到空地，拿回眼鏡，那才是真的勇敢。」

她朝黑漆漆的長廊邁開腳步。

她聞到灰塵、濕氣和霉味。

貓咪輕輕走到她身邊。

「為什麼？」貓咪問，但是聽起來一點也不感興趣。

「因為，」寇洛琳說，「如果心裡很害怕，卻還是不顧一切，努力去做，那就是真的勇敢。」

蠟燭投射出又大又奇怪的影子，在牆上左右搖晃。寇洛琳聽到黑暗中有東西在動，不知道那個東西是緊緊貼著她，還是跟她保持了一小段距離。那個不知名的東西好像在悄悄跟蹤她。

「所以妳才要回去那個女人的世界，對吧？」貓咪說，「因為妳爸爸曾經在遇到黃蜂的時候救了妳，妳要報答他？」

「才不是呢，」寇洛琳說，「我會回去，是因為他們是我的爸爸媽媽。如果他們發現我失蹤了，他們一定也會來救我的。咦，你又會說話了耶！」

「我真幸運，」貓咪說，「跟這麼有智慧又聰明的同伴一起走。」牠的語調聽來好像在挖苦，但是牠全身寒毛直立，尾巴也豎了起來。

寇洛琳想回話，像是「對不起」或是「這條路上次是不是沒這麼長啊？」但是突然間燭火熄滅，好像有人伸出手捻熄了一樣。

四周傳來窸窸窣窣、啪嗒啪嗒的聲音，寇洛琳覺得自己的心臟快要跳出胸膛了。她伸出手……突然有種纖細的東西掃過她的手和臉，好像是蜘蛛網。

長廊盡頭亮起一盞電燈，黑暗裡突然見到亮光，格外刺眼。有個女人站在寇洛琳前方不遠處，光線從背後照出她的輪廓。

「是寇洛琳嗎？親愛的？」她喊著。

「媽媽！」寇洛琳說，她飛奔向前，又急又覺得鬆了口氣。

「親愛的，」那個女人說，「妳為什麼要逃離我的身邊？」

寇洛琳衝得太快，來不及煞車，她感到另一個媽媽伸出冰冷的雙手，緊緊抱住她，她卻只能呆站在那兒，全身顫抖不已。

「我的爸爸媽媽呢？」寇洛琳問。

「我們在這裡啊，」另一個媽媽說，她的聲音好像寇洛琳真正的媽媽，連寇洛琳都分不出來。「我們在這裡，已經準備好要好好愛妳，跟妳玩，讓妳吃得飽飽的，還要讓妳的生活充滿樂趣。」

寇洛琳扭動身體，另一個媽媽心不甘情不願地放開手。

另一個爸爸本來坐在走廊的椅子上，此時他站起身，臉上掛著微笑，「到廚房裡來吧，」他說，「我來弄點消夜。要不要喝點東西？熱巧克力好不好？」

寇洛琳走進走廊，一直走到盡頭的鏡子前。鏡子裡什麼也沒有，只有一個穿著睡衣和拖鞋的小女孩，她看起來好像不久前才哭過，可是她的眼睛是真的眼睛，不是黑色的鈕釦，手上還緊緊握著蠟燭燃盡的燭台。

她看著鏡子裡的小女孩，小女孩也回看著她。

我要勇敢，寇洛琳心想，不，我本來就很勇敢。

她把燭台放在地上，然後轉過身；另一個爸爸媽媽用飢餓的眼神望著她。

「不用了，」她說，「我有蘋果，看到沒？」她從睡衣的口袋裡拿出一顆蘋果，咬了一口，假裝好吃得不得了。

另一個爸爸看起來很失望；另一個媽媽微微笑了起來，露出整排牙齒，每顆牙齒看起來都有些太長，走廊裡的燈光讓她的黑色鈕釦眼閃閃發光。

「你們嚇不倒我的，」寇洛琳說，但其實她已經嚇壞了，「快把我的爸爸媽媽交出來。」

這個世界的邊緣似乎閃過一道微光。

「我怎麼會對妳以前的爸爸媽媽怎麼樣呢？寇洛琳，如果他們離開妳，一定是因為他們已經厭倦妳，或是累了。妳看，我永遠都不會厭倦妳，也永遠不會離開妳。只要妳乖乖跟我在這裡，就不會有事的。」另一個媽媽的頭髮濕濕亮亮的，往四方飄蕩，像是深海怪物的觸鬚。

「他們才不會厭倦我，」寇洛琳說，「妳騙人，是妳偷走他們的！」

「傻孩子，他們才不會有事呢。」

寇洛琳只是怒氣沖沖地瞪著另一個媽媽。

「我證明給妳看。」另一個媽媽說，她用白色的長指頭滑過鏡子的表面，鏡子起了霧，好像有條龍在上頭呵了口氣，接著霧氣散去。

鏡子裡已經是白天了；寇洛琳眼前出現了走廊，一路直通家裡的前門。有人從外面開了門，爸爸和媽媽走進門，手上拿著行李箱。

「好愉快的假期啊！」爸爸說。

「真好，沒有寇洛琳來煩心，」媽媽愉快地微笑著說，「以前有個小女兒，沒辦法隨心所欲，現在我們想做什麼就做什麼，出國也沒問題。」

「還有，」爸爸說，「知道她的另一個媽媽能比我們更細心照顧她，真是讓我無比放心啊！」

鏡面起霧又散去，鏡子裡又是黑夜。

「懂了嗎？」

「不懂，」寇洛琳說，「我不懂，也不相信！」

她希望看到的不是真的，她的語氣堅定，但是心裡卻不是那麼堅定；她的內心深處有點小小的懷疑，就像是蘋果裡長了隻蟲。她抬頭，看見另一個媽媽的臉上閃過一絲掩不住的怒氣，轉瞬即逝，就像是夏日的閃電，於是寇洛琳確定，她在鏡中看到的不過是幻影罷了。

寇洛琳坐在沙發上，開始吃蘋果。

「求求妳，」另一個媽媽說，「聽話一點好不好。」她走進起居室，拍了兩下手，傳來一陣窸窣聲，一隻黑色的老鼠出現了，抬眼望著她，「把鑰匙拿來。」她說。

老鼠啾啾叫，跑到那扇通往寇家原來的門裡，然後拖著鑰匙回來。

「妳的世界裡怎麼沒有自己的鑰匙？」寇洛琳問。

「鑰匙只有一把，門也只有一扇。」另一個爸爸說。

「閉嘴！」另一個媽媽說，「別拿這種小事來煩咱們親愛的寇洛琳。」她把鑰匙插進門，轉了轉。門鎖非常緊，但還是噹啷一聲鎖上了。

她把鑰匙放進圍裙的口袋。

屋外，天灰濛濛地亮了。

「妳不吃消夜，」另一個媽媽說，「我們可是要去睡美容覺了。寇洛琳，我要回去睡了，妳最好也給我上床睡覺。」

她把長長的白色手指放在另一個爸爸的肩膀上，然後跟他一起走出房間。

寇洛琳走到起居室一角的那扇門前，用力拉了拉，但是門不動如山。另一個爸爸媽媽的房門關了起來。

寇洛琳的確很累，但是她不想在臥室裡睡，不想跟另一個媽媽睡在同一個屋簷下。

前門沒鎖。寇洛琳走出屋外，迎向晨曦，走下石階，坐在最底下的石階上。天氣寒冷。

有個毛茸茸的東西向寇洛琳的身邊靠過來，動作流暢，無聲無息。寇洛琳嚇了一跳，但是一看到那毛茸茸的東西是什麼，就鬆了口氣。

「噢，是你。」她對黑色的貓咪說。

「妳看，」貓咪說，「認出我一點都不難，對吧？不用名字也行。」

「那如果我想叫你出來呢？」寇洛琳問。

貓咪皺起鼻子，做出淡然的表情，「叫貓出來，」貓咪透露，「常常是白費力氣，乾脆看看能不能把旋風給叫出來算了。」

「如果吃晚餐的時間到了呢？」寇洛琳問，「你不希望有人叫你嗎？」

「當然，」貓咪說，「可是只要叫一聲：『晚餐好囉！』就行了。看吧！不用名字也行。」

「她抓我來做什麼？」寇洛琳問貓咪，「她為什麼要我跟她待在這裡？」

「我想她八成想找個東西來愛，」貓咪說，「別人的東西總是比較好。或許她也想找東西吃。像她那種怪物，誰也說不準的。」

「有什麼建議嗎？」寇洛琳問。

貓咪看起來好像又要挖苦寇洛琳，不過牠只是輕輕彈了彈鬍鬚說：「跟她下戰書。她可能會玩花樣，但是，像她那種怪物，最喜歡玩遊戲跟接受挑戰了。」

「她是什麼怪物啊？」寇洛琳問。

但是貓咪沒有回答，只是伸了個大懶腰，走了開來，接著停下腳步，轉過身說：「如果我是妳，我就會進屋去。去睡吧，明天可有妳受的。」

然後貓咪就不見了，但是寇洛琳發覺，牠說的話確實有幾分道理。她悄悄走回安靜的屋子裡，經過房門緊閉的主臥室。主臥室裡，另一個媽媽和另一個爸爸在……在做什麼？在睡覺？在等人上鉤？她突然想到，如果打開主臥室的房門，或許會發現房裡空無一人；又或者，說得更仔細一些，直到她打開房門的那一刻為止，房裡一直空無一人。

不知為何，這個念頭讓寇洛琳覺得好過些了。她走進她的另一個臥房。這間臥房漆成了綠色跟粉紅色，很像寇洛琳的房間，但卻是個粗製濫造的仿冒品。她關上房門，把玩具箱拉到門前。玩具箱沒辦法把人擋在門外，但是寇洛琳希望，如果有人想移開玩具箱闖進來，就會發出聲音把她吵醒。

玩具箱裡，大部分的玩具仍然好夢正酣，寇洛琳搬動玩具箱的時候，玩具稍微動了動，咕噥了幾句，然後又呼呼睡去。寇洛琳看看床底，想看看老鼠還在不在，但是床底什麼也沒有。她脫掉睡衣和拖鞋，爬上床，正想好好思考貓咪說的「挑戰」是什麼意思，就沉沉進入夢鄉了。

Chapter 6

早晨的陽光照在寇洛琳臉上，喚醒了她。

有那麼一會兒，她覺得非常混亂，不知道自己身在何方，就連自己是誰，也不能完全確定。我們早上剛起床的時候，往往三魂六魄有一大半還在神遊太虛，也不知回不回得來，真是讓人不禁要捏把冷汗。

有時候，寇洛琳會做白日夢，幻想自己在北極、亞馬遜雨林，或是可怕的黑暗非洲探險，忘了自己是誰，一直等到有人拍拍她的肩膀，或是叫她的名字，嚇她一跳，才會從幾百萬里遠的地方回神過來，瞬間想起自己是誰，記起自己的名字，甚至發現自己原來根本沒去過那些地方。

現在，陽光照在她臉上，她想起自己是寇洛琳。沒錯。看見房間裡滿是綠色和粉紅色，彩色紙蝶撲動翅膀，在天花板飛來飛去，沙沙作響，寇洛琳想起了自己身在何方。

她爬下床，下定決心，就算得穿另一個寇洛琳的衣服，也不能在大白天穿著睡衣拖鞋。（有另一個寇洛琳嗎？她發現並沒有，沒有另一個寇洛琳，只有她一個寇洛琳。）不過，衣櫃裡沒有普通的衣服，大多是化妝舞會的衣服，或是（她覺得）她希望自己衣櫃裡會掛的衣服。這個衣櫃裡有件破破的巫婆衣，縫滿補釘的稻草人衣；有件未來戰士衣，上頭有著小小的數字燈，一閃一閃的；還有件緊身的晚宴裝，縫滿了羽毛和鏡子。最後，她在一格抽屜裡找到一條牛仔褲，顏色黑漆漆的，好像天鵝絨般的黑夜，還找到一件毛衣，顏色灰濛濛的，像濃濃的煙霧，上頭用亮亮的纖維，縫出小小的星星，閃著微微的光芒。

她穿上牛仔褲和毛衣，再穿上她在衣櫃底部發現的亮橘色靴子。

她從睡衣口袋裡拿出最後一顆蘋果，再從同一個口袋裡拿出那顆有洞的石頭。

她把石頭放進牛仔褲的口袋裡，突然覺得神智好像清楚了些，猶如從迷霧中走了出來。

她走進廚房，但是一個人也沒有。

不過，她還是覺得屋裡有人。她在走廊上一直走，走到爸爸的書房，發現房裡有人。

「另一個媽媽呢？」她問另一個爸爸。另一個爸爸在書房裡，坐在書桌前，書桌看起來跟寇爸爸的一模一樣，但是另一個爸爸什麼事都沒做；真的爸爸還會看看園藝目錄裝忙，但是這個爸爸卻連裝都不裝。

「在外面，」他告訴寇洛琳，「在釘門，好像有些害蟲的問題。」他看起來好像很高興有人陪他說話。

「你是說老鼠？」

「不，老鼠是我們的朋友，我說的是另一種，又大又黑的傢伙，尾巴還翹得老高。」

「你是說貓咪？」

「沒錯。」另一個爸爸說。

今天他看起來比較不像真的爸爸。他的臉有點模糊，就像麵糰開始發酵，凹凸不平的地方統統變得光滑平坦了。

「其實呢，她不在的時候，我實在不應該跟妳說話，」他說，「但是妳別擔心，她不會常常不在的。我們會好好招待妳，讓妳樂不思蜀，連家都不想回啦！」他閉上嘴，雙手疊放在大腿上。

「那我現在要做什麼呢？」寇洛琳說。

另一個爸爸指指自己的嘴唇，一陣沉默。

「如果你不跟我說話，」寇洛琳說，「那我就自己去探險。」

「沒用的，」另一個爸爸說，「除了這裡以外，沒別的地方可去了；她就做了這些東西：房子、園子、房子裡的人。她做了這些東西，然後等人上鉤。」他看起來有點不安，又把手指放在嘴巴前，比了個「噓」的動作，好像不小心說了太多。

寇洛琳走出他的書房，走進起居室，走向那扇古老的門，拚命拉門，扯著門，發出喀啦喀啦的聲音，用力搖門。沒用，門鎖得緊緊的，鑰匙又在另一個媽媽手裡。

她環顧整個房間，一景一物是如此熟悉，但卻又非常陌生。每個東西都跟她記憶中一模一樣：有奶奶充滿怪味的家具，牆上也掛著一幅畫，畫裡是一盆水果（一串葡萄、兩顆洋李、一顆桃子和一顆蘋果），有張四隻桌腳都是獅爪的矮木桌，還有個空的火爐，火爐好像要吸走整間房的熱氣。

但是還有別的東西，一個她不記得看過的東西：有顆玻璃球高高放在壁爐上。

她走到火爐邊，踮起腳尖，把玻璃球拿下來。那是個雪景玻璃球，裡頭有兩個小人。寇洛琳搖搖玻璃球，讓雪花漫天飛舞；白雪在水中翩翩落下，閃閃發光。

她把雪球放回壁爐上，繼續找真的爸爸媽媽，找出口。

她走出公寓，走過閃著燈的門；門後，另一個史小姐和福小姐的表演永不落幕。她出發前往樹林。

在寇洛琳原來的世界裡，走過樹林，就會看到草原和破舊的網球場；但在這個世界，樹林更大；走得愈遠，樹木看起來就愈粗糙，愈不像樹。

走了不久，那些樹看起來就非常潦草了，只像是樹的輪廓：下面是灰灰棕棕的樹幹，上面連著塊髒髒的污漬，綠綠的，隱約看起來像樹葉。

寇洛琳心想，或許另一個媽媽對樹沒什麼興趣，又或許是因為覺得不會有人走得這麼遠，就懶得費心了。

她一直走。

然後起了霧。

這場霧不像一般的霧氣，一點也不潮濕，既不冷也不熱。寇洛琳覺得，這場霧好像根本不存在。

寇洛琳心想：我是個探險家，一定要找到出路，所以我會一直走下去。

她走過的這個世界一片蒼白，什麼也沒有，就像是一張白紙，或是一間超大的白色空房間，沒有溫度，沒有氣味，沒有紋理，沒有味道。

寇洛琳心想：這一定不是霧，但是她不知道那到底是什麼。有那麼一會兒，她懷疑自己瞎了，可是，不，她還是看得見自己，清清楚楚地看見自己，但是她的腳下沒有地，只有一片牛奶般的白霧。

「妳在幹嘛？」她身邊有個模糊的身形說。

她花了好一陣子才看清楚：一開始，她以為是隻站在遠方的獅子，然後又以為是隻站在附近的老鼠，最後終於知道是什麼了。

「我在探險。」寇洛琳告訴貓咪。

貓咪身上的毛倒豎起來，眼睛張得大大的，尾巴垂在兩腿間，看起來不太像隻開心的貓。

「爛地方，」貓咪說，「如果妳覺得這兒也能算是個『地方』的話；像我就不覺得這裡算是個地方。妳在這裡幹嘛？」

「我在探險。」

「這裡沒什麼好探的，」貓咪說，「這裡不過就是外面，那個女人懶得創造的地方。」

「那個女人？」

「那個自稱是妳另一個媽媽的傢伙。」貓咪說。

「她到底是什麼怪物？」

貓咪沒有回答，只是輕輕走過寇洛琳身邊的白霧。

他們面前開始出現一個模糊的形狀，一個高聳入雲、黑黝黝的東西。

「你錯了！」她告訴貓咪，「那裡有東西！」

那個東西在迷霧裡慢慢成形：是間黑色的房子，透過無形的白霧，隱隱約約出現在他們前方。

「可是那是……」寇洛琳說。

「妳剛剛離開的房子，」貓咪附和道，「沒錯。」

「也許我不知不覺在迷霧裡掉了頭。」寇洛琳說。

貓咪舉起尾巴，用尾巴的尖端彎成了一個問號，把頭歪向一邊，「只有妳才有可能，」牠說，「我可就不會。其實妳根本就沒掉頭。」

「可是我明明要離開，怎麼會又回去了？」

「簡單，」貓咪說，「想像有個人繞著地球走。妳本來是要離開，但最後還是會走回原點。」

「這世界真是小。」寇洛琳說。

「對她來說夠大了，」貓咪說，「蜘蛛網只要能抓到蒼蠅，就夠大了。」

寇洛琳不寒而慄。

「另一個爸爸說，另一個媽媽要把所有的出入口和門都給釘死，」她告訴貓咪，「不讓你進來。」

「叫她儘管釘吧，」貓咪說，聽起來無動於衷，「噢，沒錯，叫她儘管釘。」現在他們站在屋旁的一叢樹下，這叢樹看起來真實多了。「像這種地方，還有很多出入口，連她都不曉得。」

「可是，這個地方不是她創造的嗎？」寇洛琳問。

「創造的還是發現的，有什麼差別？」貓咪問，「不管是她創造的還是發現的，都已經過了很久了。等等……」牠抖了抖身體，一躍而出，寇洛琳還來不及眨眼，貓咪的腳掌下已經壓著一隻又大又黑的老鼠，安坐著不動。「我並沒有特別愛吃老鼠，」貓咪漫不經心地說著，好像什麼事都沒發生一樣，「只是這裡的老鼠是她的間諜，全是她的爪牙和眼線……」牠一邊說著，一邊放走了老鼠。

老鼠跑了幾呎，然後貓咪輕輕一跳，逮住了老鼠，用長著利爪的前掌用力拍打，另一隻前掌則緊緊壓著老鼠。「我最喜歡這樣了，」貓咪愉快地說，「要不要再看一次？」

「不要！」寇洛琳說，「你為什麼要這麼做？你在折磨牠耶！」

「嗯……」貓咪說著，放走了老鼠。

老鼠頭昏腦脹，踉踉蹌蹌走了幾步，然後開始拔腿狂奔；貓咪伸出前掌，奮力一擊，把老鼠打得飛上天，再用嘴巴接住老鼠。

「住手！」寇洛琳說。

貓咪把老鼠放在兩隻前掌間，「有些人覺得，」牠嘆了口氣說，語氣平淡得像油亮的絲綢一樣，「有人說，貓咪捉弄獵物其實是很有慈悲心的；畢竟，這個好笑的小點心跑來跑去的時候，搞不好還有機會逃跑呢。妳的晚餐什麼時候有機會逃跑過？」

然後牠啣起老鼠，走進樹林，隱沒在一棵樹後。

寇洛琳走回屋裡。

屋裡鴉雀無聲，空無一人，她連走在地毯上，都覺得自己的腳步聲好大。一道陽光反射出灰塵的微粒。

走廊盡頭是那面鏡子。她看見自己走向鏡子，鏡子裡的自己看起來比真正的自己還要勇敢。鏡子裡沒別的東西了，只有她一個人在走廊裡。

有隻手拍拍她的肩膀，她抬起頭，另一個媽媽低著頭，用黑色的大鈕釦眼看著寇洛琳。

「寇洛琳，我的小親親，」她說，「我想，既然妳散步回來了，今天早上我們可以一起玩些遊戲。跳房子？扮家家酒？大富翁？」

「鏡子裡怎麼沒有妳！」寇洛琳說。

另一個媽媽微微一笑，「鏡子，」她說，「可是永遠都不能相信的。那麼，我們現在要玩什麼遊戲呢？」

寇洛琳搖搖頭，「我不要跟妳玩，」她說，「我要回家，跟我真的爸爸媽媽在一起。我要妳放我們走，把我們全都放走。」

另一個媽媽慢條斯理地搖搖頭，「女兒要是忘恩負義，」她說，「可比毒蛇的尖牙還利。不過，只要有愛，頑石也能點頭。」她白色的長手指左右搖擺，撫摸著空氣。

「我沒打算愛妳，」寇洛琳說，「別白費力氣了。妳不能逼我愛妳。」

「再說吧！」另一個媽媽說。她轉身走向客廳，寇洛琳跟在她身後。

另一個媽媽坐在大沙發上，從沙發旁拿起一個購物袋，再從購物袋裡拿出一個沙沙作響的白色紙袋。

她把紙袋遞到寇洛琳面前，很有禮貌地問：「要不要來一個？」

寇洛琳以為袋子裡裝的是太妃糖或是奶油糖球，低頭看了看，結果袋子裡竟然是又大又亮的黑甲蟲，一隻隻爬來爬去的，努力想逃出紙袋。

「不要，」寇洛琳說，「我才不要！」

「隨便妳，」另一個媽媽說。她仔細挑了隻最大最黑的甲蟲，拔掉腳，然後優雅地把腳丟進沙發旁小茶几上的大玻璃菸灰缸，再「啪」的一聲，把甲蟲丟進嘴裡，開開心心地大嚼特嚼。

「好吃！」說著又拿了另外一隻。

「妳好噁心！」寇洛琳說，「噁心、邪惡又奇怪！」

「跟媽媽說話是這種態度嗎？」另一個媽媽問，她的嘴巴裡塞滿了黑甲蟲。

「妳又不是我媽媽。」寇洛琳說。

另一個媽媽不理她。「聽著，寇洛琳，我想妳有點太興奮了。也許今天下午我們可以一起刺繡，或是畫畫水彩，然後吃晚飯；接著呢，如果妳乖乖的，也許可以在上床睡覺前跟老鼠玩一會兒。然後我會唸個故事給妳聽，幫妳蓋好被子，親妳一下，說聲晚安。」她長長的白色手指溫柔地抖動了一下，就像隻疲憊的蝴蝶，寇洛琳不寒而慄。

「不要。」寇洛琳說。

另一個媽媽坐在沙發上，嘴巴撇成了一條直線，微微嘟了起來。她又塞了一隻黑甲蟲在嘴巴裡，一隻又一隻，好像在吃裹了巧克力的葡萄乾。她黑色的大鈕釦眼直盯著寇洛琳淡褐色的眼睛，閃亮的黑髮披散在脖子和肩膀，好像在迎風飄蕩，但是那陣風寇洛琳摸不著也感覺不到。

兩人怒目相視了許久，終於，另一個媽媽說：「該學學禮貌了！」她小心翼翼地折好白色紙袋，不讓黑甲蟲逃出來，然後把紙袋放回購物袋裡，站起身，身體愈長愈高，愈長愈高，比寇洛琳記憶中還要高。她把手探進圍裙，先拿出那把黑色的鑰匙，皺眉看了看，然後丟進購物袋，再拿出一支銀色的小鑰匙，得意洋洋地高舉著。「找到囉！」她說，「寇洛琳，我可是用心良苦，為了妳好，因為我愛妳，要教妳禮貌，畢竟，要先懂得禮貌，才懂得做人！」

她把寇洛琳拉回走廊裡，走到走廊盡頭的鏡子前，把小鑰匙插進鏡框的紋飾裡，然後轉了轉。

鏡子像道門般打了開來，露出黑漆漆的空間。「妳就待在這裡，到妳懂得禮貌為止，」另一個媽媽說，「到妳準備好要當個乖女兒為止。」

她抓起寇洛琳，把她推進鏡子後面那個陰暗的地方。她的下唇黏了塊甲蟲的殘骸，黑色的鈕釦眼裡毫無表情。

然後她關上門，留下寇洛琳面對一片黑暗。

Chapter 7

寇洛琳覺得眼淚就要奪眶而出，但是她努力忍住了。她深呼吸，放輕鬆，伸出手摸摸囚禁她的地方。這個地方跟掃除櫃的大小差不多，高度夠高，可以站也可以坐，但是不夠寬也不夠深，不能躺下來。

有一面牆是玻璃，摸起來冰冰冷冷的。

她再一次繞著這個小小的地方走，摸遍每一個她能碰到的地方，想找到門把、開關或是隱藏的把手，逃出這個地方，但是卻一無所獲。

一隻蜘蛛跑過她的手背，嚇得她屏住呼吸，放聲尖叫；但是除了蜘蛛以外，黑漆漆的櫃子裡只有她一個人。

然後，她的手不知碰到了什麼東西，就像是人的下巴和嘴唇，又小又冰涼。有個聲音在她的耳邊低聲說：「安靜！噤聲！隔牆有耳，切莫出聲！」

寇洛琳噤聲不語。

她覺得有隻冰冷的手碰觸她的臉，指尖滑過她的臉龐，就像是飛蛾輕輕地撲著翅膀。

又傳來一個聲音，吞吞吐吐又微弱不明，寇洛琳還以為是自己在幻想；那個聲音說道：「妳……妳可為活人？」

「是的。」寇洛琳輕聲說。

「天可憐見……」第一個聲音說。

「你是誰啊？」寇洛琳輕聲說。

「名字、名字、名字！」另一個聲音說，聽起來遙遠又模糊。「先是遺忘了名字，再是失去了呼吸，最後連心跳也停了。記憶猶存，名已逝！我心底仍記得五月的清晨，家庭教師拿著我玩耍的大鐵環，背後襯著晨曦，朵朵鬱金香隨微風搖曳。此景猶在，但我已忘卻家教之名，忘卻鬱金香之名。」

「我想，鬱金香應該沒有名字，」寇洛琳說，「鬱金香就是鬱金香。」

「或許吧，」那個聲音悲傷地說，「但我一直以為，那些鬱金香一定有名字。有火紅，有橘紅相間，有橘紅黃三色並列，就像是冬日傍晚爐火裡的餘燼。此情此景，仍在我心。」

那個聲音非常悲傷，寇洛琳忍不住朝發出聲音的地方伸出手，摸到一隻冰冷的手，於是她緊緊地握住。

她的雙眼漸漸習慣了黑暗。現在，寇洛琳看到三個人影，（又或者只是她的想像？）每個人影既模糊又蒼白，就像是白晝裡的月亮，看起來都像是跟她年紀差不多的小孩。那隻冰冷的手緊緊回握寇洛琳的手，「感謝妳。」那個聲音說。

「你是女生，」寇洛琳說，「還是男生？」

一陣靜默。「猶記幼時，我穿著裙子，長髮捲曲，」那個聲音有些遲疑，「但是既然姑娘這麼問，我記得彷彿有一天，他們拿走我的裙子，要我換上短褲，剪去我的長髮。」

「贅言且勿多說。」第二個聲音說。

「那我或許是個男孩吧，」與寇洛琳握著手的那個聲音繼續說，「我想我曾經是個男孩。」房裡漆黑一片，那個聲音似乎閃過一道光芒。

「你們怎麼了？」寇洛琳問，「你們怎麼會在這裡？」

「那老太婆把我等留在此地，」其中一個聲音說，「偷走我等之心，偷走我等的靈魂，奪去我等的性命，然後把我等丟在此地，遺忘在黑暗之中。」

「真可憐，」寇洛琳說，「你們在這裡待了多久？」

「很久了。」一個聲音說。

「正是，久遠乃至不復記憶。」另一個聲音說。

「我穿過廚具室的門，」那個覺得自己是個男孩的聲音說，「發現自己回到客廳裡。但是她在等我，她說她是我的另一個母親，但此後卻再也沒見到我真正的母親了。」

「快逃！」第一個聲音說，寇洛琳覺得那是個女孩，「趁妳一息尚存，血脈猶活，快快逃離！趁妳心智尚全，靈魂未失，快快逃離！」

「我是不會逃走的，」寇洛琳說，「她抓走了我的爸媽，我是來救他們回去的。」

「啊！但是她會把妳留在這裡，直到白日成灰，黃葉落地，年復一年！」

「不，」寇洛琳說，「她不會的。」

鏡子後的房間裡一片沉默。

「抑或是，」黑暗中有個聲音說，「若妳能從老太婆手中救回父母，或許也能釋放我等的靈魂。」

「她拿走了你們的靈魂？」寇洛琳問，她嚇了一大跳。

「正是，且藏匿了起來。」

「所以我等死時無法離開此地。她囚禁我等，以我等為食，直至我等屍骨無存，唯留蛇皮與蛛網！且託姑娘尋覓我等遭藏匿的靈魂！」

「如果我找到你們的靈魂，你們會怎樣呢？」寇洛琳問。

一片沉默。

「她又會拿我怎樣？」她說。

蒼白的人形微微一震。寇洛琳覺得它們不過就是些殘影，就像是強光閃過後，在眼睛裡留下的光芒。

「妳不會有絲毫痛楚。」一個微弱的聲音輕聲說。

「她會奪去妳的性命，奪去妳的一切，奪去妳關心的一切，最後妳只成了塵煙雲霧。她會奪走妳的喜悅；一天醒來，妳的心與靈魂都已消失無蹤。妳會變成無用的糟糠，一縷雲煙，一場白日夢，或是遺忘了的記憶。」

「虛空！」第三個聲音輕聲說，「虛空！虛空！虛空！虛空！虛空！」

「妳一定要逃。」一個聲音輕嘆。

「我想我逃不了，」寇洛琳說，「我曾經想逃，但是卻逃不出去。她把我的爸媽抓走了。你們能告訴我怎麼才能逃出這個房間嗎？」

「若有所知，定已告訴姑娘。」

「真可憐。」寇洛琳對自己說。

她坐下來，脫掉毛衣捲起來，枕在頭下。「她不會永遠把我關在黑暗裡，」寇洛琳說，「她抓我來是要跟我玩遊戲。貓咪說她最愛玩遊戲跟接受挑戰。把我關在這個黑漆漆的地方，可算不上什麼挑戰。」她在鏡子後面這個擁擠的小地方翻來覆去，努力讓自己舒服點。

她的肚子咕咕叫，於是她吃掉了最後一顆蘋果，她一小口一小口地吃，盡量吃得久一點，可是吃完蘋果，還是飢腸轆轆。

突然間她靈光一閃，輕聲地說：「你們何不趁她來放我出去的時候逃跑呢？」

「心有餘而力不足，」三個身影對著寇洛琳長嘆，聲音微弱得幾乎聽不見，「她奪走了我等的心，我等只能活在暗處與無人之地，稍有光亮即灰飛煙滅！」

「噢……」寇洛琳說。

她閉上眼，四周更是黑上加黑。她把頭枕在捲起的毛衣上，閉上眼睡覺。就在她快要睡著的時候，她覺得有個鬼魂溫柔地親了她的臉頰，還有個小小的聲音在她耳邊悄悄說話，聲音微弱得幾乎聽不見；那聲音虛無縹緲，寇洛琳還以為是自己的想像。「從那顆石頭望過去。」那個聲音對寇洛琳說。

接著她就沉沉睡去。

Chapter 8

另一個媽媽看起來比之前氣色更好了：她的雙頰紅潤，頭髮在空中扭動，就像是天氣暖和時懶洋洋的蛇群，黑色的鈕釦眼好像剛剛擦亮過。

她穿過鏡子，就像穿過水面一樣，不費吹灰之力，然後她低頭盯著寇洛琳，再用銀色的小鑰匙把門打開，抱起寇洛琳，就像寇洛琳小時候媽媽抱她一樣；她輕輕搖著半夢半醒的寇洛琳，彷彿寇洛琳還是個小嬰兒。

另一個媽媽把寇洛琳抱進廚房裡，非常輕柔地放在料理台上。

寇洛琳努力清醒過來，卻只記得有人溫柔地抱著她、疼愛她，真希望一直有人這樣寵愛她。接著她想起自己身在何方，身邊又是什麼人。

「好啦，我親愛的寇洛琳，」另一個媽媽說，「我已經把妳帶出那個櫃子了。是該有人好好教訓妳，但是在這裡，我們恩威並施；可恨的是罪惡，而不是罪人。聽著，如果妳乖乖的，愛媽媽，聽媽媽的話，講話又有禮貌，妳跟我就能互相了解，還能相親相愛。」

寇洛琳揉揉眼睛。

「這裡還有別的小孩，」她說，「以前的小孩，很久很久以前的小孩。」

「有嗎？」另一個媽媽一邊說，一邊在冰箱和平底鍋間來回忙著，從冰箱裡拿出雞蛋、奶油，還有一塊切好的粉紅色火腿。

「有，」寇洛琳說，「真的有。我想妳一定也打算把我變得跟他們一樣，變成死掉的空殼。」

另一個媽媽溫柔地微笑，單手把蛋打進碗裡，用另一隻手打蛋，然後把一塊奶油丟進平底鍋；奶油在鍋底嘶嘶作響，轉來轉去，而她則切起了起司薄片。她把融化的奶油和起司倒進打好的蛋裡，再繼續打。

「好，親愛的，我想妳是有些糊塗了，」另一個媽媽說，「我愛妳，我永遠都會愛妳。頭腦清楚的人是不會相信鬼魂的，因為鬼魂都是騙子。妳聞聞，我為妳做的早餐好香啊！」她把黃色的奶油蛋糊倒進鍋子裡，「奶油蛋包，妳最愛吃了。」

寇洛琳口水都快流下來了，「有人告訴我，」她說，「妳喜歡玩遊戲。」

另一個媽媽的黑色眼睛亮了起來，但是她只淡淡說了句：「每個人都喜歡玩遊戲。」

「沒錯。」寇洛琳說。她爬下料理台，坐在餐桌前。

培根肉在烤爐裡嘶嘶作響，油汁四濺，香氣撲鼻。

「如果妳光明正大地贏過我，不是會更高興嗎？」寇洛琳問。

「也許吧，」另一個媽媽說。她故意裝作毫不在意，但是她的手指動來動去，咚咚咚地敲著桌子，血紅的舌頭舔著嘴唇。「妳的賭注是什麼？」

「我，」寇洛琳說，她緊緊抓著桌子底下的雙腳，免得雙腳一直抖個不停。「如果我輸了，我就永遠永遠留在這裡陪妳，也會讓妳愛我。我會做全世界最乖的女兒；我會吃妳煮的菜，玩扮家家酒，也會讓妳把鈕釦縫進我的眼睛。」

另一個媽媽瞪著她，黑色的鈕釦眼眨也不眨。「聽起來真不錯，」她說，「如果妳贏了呢？」

「那妳就要放了我，放了每個人；放了我的爸爸媽媽、那些死掉的小孩，放了每個被妳困在這裡的人。」

另一個媽媽從烤爐裡拿出培根，放在盤子裡，然後把起司煎蛋從平底鍋滑進盤子，再把煎蛋對折，就成了個漂亮的蛋包。

她把早餐放在寇洛琳面前，還附上一杯剛榨好的柳橙汁，一杯浮著泡泡的熱巧克力。

「好啊，」她說，「這個主意挺不賴的。但是妳要玩什麼樣的遊戲呢？猜謎？腦力激盪還是比誰的技巧好？」

「玩大探險，」寇洛琳提議，「看誰先找到東西。」

「那要找什麼東西呢，寇洛琳？」

寇洛琳猶豫了一會兒，「找我的爸爸媽媽，」寇洛琳說，「還有鏡子後面那些小孩的靈魂。」

聽到寇洛琳這麼說，另一個媽媽得意地微微一笑，寇洛琳懷疑自己是不是選錯遊戲了，不過，要改變心意，為時已晚。

「就這麼說定了，」另一個媽媽說，「快吃早餐吧，甜心。別擔心，早餐沒下毒。」

「我怎麼知道妳說話算話？」寇洛琳問。

「我發誓，」另一個媽媽說，「以我媽媽的墳墓發誓。」

「她有墳墓嗎？」寇洛琳問。

「噢，有啊，」另一個媽媽說，「她可是我親手埋葬的，後來我發現她想爬出來，還把她塞了回去。」

「那就拿別的東西發誓，這樣我才能相信妳說話算話。」

「我的右手好了，」另一個媽媽說著，舉起右手，緩緩扭動長長的手指，露出爪子一般的指甲，「我以我的右手發誓。」

寇洛琳聳聳肩，「好吧，」她說，「就這樣說定了。」她開始吃早餐，得很努力才不會狼吞虎嚥。她沒想到自己竟然這麼餓。

另一個媽媽看著寇洛琳吃早餐。那雙黑色的鈕釦眼很難看出表情，但是寇洛琳覺得，另一個媽媽看起來也很餓。

她喝掉了柳橙汁。她知道自己一定會喜歡那杯巧克力，但是卻已經喝不下了。

「我該從哪裡找起？」寇洛琳問。

「隨便妳。」另一個媽媽說，她好像一點也不在乎。

寇洛琳看著她，努力地思考。她決定不去找花園和院子，因為它們根本不存在，根本不是真的。在另一個媽媽的世界裡，沒有廢棄的網球場，沒有深不見底的井，唯一真實的東西只有那棟房子。

她環顧廚房，打開烤箱，瞧瞧冷凍庫，把頭探進冰箱放沙拉的隔層。另一個媽媽跟著她到處跑，盯著寇洛琳，嘴角總是掛著一抹詭異的笑容。

「靈魂到底有多大啊？」寇洛琳問。

另一個媽媽坐在廚房的餐桌前，背靠著牆，一語不發，用塗得血紅的指甲剔牙，然後用手指輕輕敲著她擦得發亮的黑色鈕釦眼，發出「答、答、答」的聲音。

「好吧，」寇洛琳說，「不說就不說，我才不在乎。妳幫不幫我都無所謂，大家都知道靈魂跟海灘球差不多大。」

她希望另一個媽媽會反駁她，會說「胡說，靈魂跟成熟的洋蔥一樣大，或是跟手提箱一樣大，或是像爺爺的時鐘」之類的，但是另一個媽媽只是微微笑著，繼續用指甲敲著眼睛，發出「答、答、答」的聲音，規律又不間斷，就像是水龍頭的水滴到水槽一樣。然後，寇洛琳突然發現，那的確是水滴的聲音，房裡只剩下她一個人。

寇洛琳打了個寒顫；她比較喜歡另一個媽媽在身邊：如果她不在身邊，那就表示她可能在任何地方，畢竟，看不見的東西總是比較可怕。她把手放進口袋，手指緊緊抓著那個有洞的石頭，覺得心安了一些。她把石頭拿出來，拿在身前，就像是拿著槍一樣，然後走進走廊。

四周安靜無聲，只有水滴在金屬水槽裡，發出「答、答、答」的聲音。

她瞥了一眼走廊盡頭的鏡子。有那麼一會兒，鏡子上起了霧，然後她覺得，鏡子裡好像有些臉孔游來游去，模模糊糊的，看不清楚，然後臉孔不見了，鏡子裡只剩一個瘦小的小女孩手裡拿著微微發亮的東西，那東西就像是團綠色的煤塊。

寇洛琳低頭看著手，嚇了一跳：那顆石頭不過就是顆有洞的石頭，普普通通的棕色鵝卵石。但是她抬頭看看鏡子，鏡子裡的石頭卻閃著綠光，就像是顆翡翠。鏡子裡的鵝卵石發出一道綠色的火焰，朝寇洛琳的臥室飄過去。

「嗯哼……」寇洛琳說。

她走進臥室。一進門，玩具就興高采烈地動來動去，好像很高興看到她；坦克車硬是壓過了幾隻其他的玩具，從玩具箱裡爬出來歡迎她，結果從玩具箱裡掉了出來，翻倒跌落在地毯上，像隻四腳朝天的甲蟲，兩條鐵輪轉來轉去，發出轟隆轟隆、嘎啦嘎啦的聲音，得靠寇洛琳把它撿起來扶正才翻過身來；坦克車覺得很不好意思，溜進了床底下。

寇洛琳環顧房間。

她找找壁櫥和抽屜，然後抓起玩具箱的一角，把玩具全倒在地毯上；玩具在地上嘟囔著，扯來扯去，扭來扭去，拚命想掙脫對方。一顆灰色的彈珠滾過地板，打到牆壁，停了下來。她心想，這些玩具看起來都不像靈魂。她撿起一條銀手鍊仔細端詳，手鍊上掛著小小的動物垂飾，繞著手鍊追來追去，就像是狐狸追著兔子，熊又追著狐狸一樣。

寇洛琳打開手掌，看著手心那顆有洞的石頭，希望能找到一些線索，但是卻毫無頭緒。本來在玩具箱裡的玩具，大都爬到床底下躲了起來，只留下少數幾隻玩具（綠色的塑膠士兵、玻璃彈珠、鮮豔的粉紅色溜溜球等等），在真實世界裡，那些玩具都在玩具箱的最底部，是被遺忘了的玩具，遭到遺棄，不受寵愛。

她想要離開，去找別的地方，突然間她想起黑暗裡的那個聲音，那溫柔的低語，還有那聲音說的話。她拿起那顆有洞的石頭，放在右眼前，閉上左眼，透過石頭的洞看房間。

透過石洞，整個世界變成黑白的，就像是幅鉛筆素描畫，所有東西都是灰色的……不，不全是灰色的：地板上有個東西在發亮，顏色好像是火爐裡的餘燼，就像是紅橘相間的鬱金香在五月的陽光下隨風搖曳。她生怕要是把石頭拿開眼睛，那個東西就會消失不見，於是她伸出左手，跌跌撞撞地摸向那個發亮的東西。

她的手指握住一個光滑冰冷的東西。她把那個東西抓起來，把那顆有洞的石頭從眼前移開，再低頭看看，手心裡只有從玩具箱底部拿出來的灰色玻璃彈珠，再普通不過了。她再拿起石頭，透過石頭看著彈珠，彈珠又開始發亮，閃著紅色的火焰。

有個聲音在她的心裡低語：「沒錯，姑娘，我想我確實是個男孩，我想起來了。噢，但是妳得加緊腳步啊！妳還得再找兩個人，而且妳找到我，已經讓那老太婆氣瘋了。」

寇洛琳心想，如果我真要這麼做，那我絕對不要穿著她的衣服。她換回睡褲、睡衣和拖鞋，把灰色的毛衣和黑色的牛仔褲折好，放在床上，把橘色的靴子放在玩具箱旁的地板上。

她把彈珠放在睡衣的口袋裡，然後走進走廊。

她的臉和手感到一陣刺痛，好像是海邊的狂風捲起了沙子打在她身上，她遮住眼睛奮力前進。

沙子刺得她愈來愈痛，她舉步維艱，就像是逆著狂風而行。狂風來勢洶洶，冰冷刺骨。

她往後退了一步，往來時的方向退去。

「噢，繼續走，」鬼魂在她耳中說，「這是因為老太婆氣瘋了。」

她走向走廊，又一陣狂風襲來，看不見的沙子刺著她的雙頰和臉龐，像是針一般尖銳，玻璃一般鋒利。

「要光明正大！」寇洛琳對著狂風大吼。

沒有回應，但是狂風又猛然襲來，好像在耍著脾氣，然後漸漸轉弱，終於停了下來。四周突然鴉雀無聲，寇洛琳走過廚房時，還可以聽見漏水的水龍頭傳來「答、答、答」的聲音，又或許是另一個媽媽不耐煩地用長指甲敲著桌子；寇洛琳忍著不去看個究竟。

她邁著大步走，走了幾步就到了前門，她走出門。

寇洛琳走下階梯，繞著房子走，走到另一個史小姐和福小姐的公寓。門口的燈泡胡亂地一閃一滅，拼出來的字寇洛琳沒一個看得懂。門是關著的，她擔心有人上了鎖，所以用盡全力推著門。一開始門有點緊，但是突然間門開了，寇洛琳跌進了黑漆漆的屋子裡。

寇洛琳一隻手緊緊抓著那顆有洞的石頭，走進黑暗的屋子。她以為會發現掛了布幔的前廳，但是卻什麼也沒看到。房間裡伸手不見五指，舞台上空無一人。她小心翼翼地前進。有個東西在她頭頂沙沙作響，她抬起頭來，望著頭上一片漆黑，看著看著，腳下不知踢到了什麼。她蹲下身，撿起一支手電筒，打開電源，用手電筒的光線掃射屋內。

戲院裡冷清清，空盪盪的。破爛的椅子散落一地，陳舊又佈滿灰塵的蜘蛛網掛在牆上，懸在腐爛的木頭和破爛的天鵝絨簾幕上。

頭上又傳來沙沙聲。寇洛琳把手電筒往上照，照著天花板；那兒有些東西，全身沒有毛髮，光溜溜的。她覺得，那些東西以前或許也有臉孔，或許是狗，但是沒有狗會有蝙蝠般的翅膀，或是像蜘蛛、蝙蝠一樣，倒掛在天花板上。

光線驚動了那些生物，其中一隻飛了起來，翅膀呼呼作響，揚起一片灰塵，朝寇洛琳飛撲而來，寇洛琳趕緊閃開。牠停在遠處的牆上，倒掛著，費勁地爬回天花板上狗蝙蝠的巢穴。

寇洛琳把有洞的石頭對著眼睛，掃描整個房間，尋找閃閃發光的東西，只要看見閃閃發光的東西，就可以知道靈魂藏身的位置。她一邊用手電筒掃過房間，一邊努力尋找；房裡灰塵漫天，手電筒照出了灰塵，讓光線看起來好像可以摸得著一樣。

破爛的舞台後方牆上有個東西。那個東西灰灰白白的，是寇洛琳的兩倍大，緊黏在後牆上，像隻沒殼的蝸牛。寇洛琳深呼吸，「我不怕，」她告訴自己，「我不怕。」其實她心裡可是怕死了，但她還是爬上了陳舊的舞台。她用力攀上舞台的時候，手指還陷進了腐爛的木頭地板。

她走近牆上的東西；她覺得那東西是個囊袋之類的東西，像是蜘蛛卵的外殼；那個東西受到手電筒的照射，不安地扭動著。囊袋中好像有個人，但卻是個雙頭人，有兩雙手臂、兩雙腳。

囊袋裡的怪物看起來好像還沒有成形，還沒有完成，非常嚇人，就像是把兩個塑膠黏土人融化了以後捲在一起，硬是捏成了一個東西。

寇洛琳遲疑了一會兒，她不想接近那個東西。狗蝙蝠一隻一隻從天花板落下，開始繞著房間飛，很接近寇洛琳，但卻沒有碰到她。

她心想，也許靈魂沒有藏在這裡，也許我該離開這裡去別的地方找。她再透過那顆石頭的洞看出去：廢棄的戲院仍然是一片黑白世界，但是囊袋裡卻有個東西發出棕色的光芒，就像擦亮了的櫻花木一樣，閃著鮮豔油亮的光芒。牆上怪物的一隻手裡緊握著那閃閃發亮的東西。

寇洛琳慢慢走過潮濕的舞台，盡量不發出聲音，害怕要是不小心吵醒了囊袋裡的東西，它會張開眼睛，發現她，然後……

不過，她已經想不到有什麼事會比讓怪物瞪著更可怕。她的心跳加速，邁開腳步，前進了一步。

她從來沒這麼害怕過，但她還是一直走到囊袋前，把手伸進牆上那團黏黏稠稠的白色東西。伸手進去的時候，那東西發出輕微的爆裂聲，就像是團小小的火焰，然後緊緊黏著她的皮膚和衣服，像是黏黏的蜘蛛網，又像是白色的棉花糖。她的手一直探進去，終於碰到一隻冰冷的手，她可以感覺到那隻手緊緊握著另一顆玻璃彈珠；怪物的皮膚滑溜溜的，好像包著果凍。寇洛琳用力扯著彈珠。

一開始彈珠動也不動，怪物的手抓得太緊了；接著怪物的手指一根一根的鬆了開來，彈珠滑進了寇洛琳的手裡。她把手抽出那塊黏乎乎的網狀物，怪物沒有張開眼，讓她鬆了口氣。她拿起手電筒照照怪物的臉，覺得那兩張臉很像年輕的史小姐和福小姐，但是卻扭在一塊兒，就像是把兩團蠟硬融化了以後，捏成了一個可怕的形狀。

突然間，怪物伸出了一隻手，抓住了寇洛琳的手臂！它的指甲抓破了寇洛琳的皮膚，但是它實在是太滑了，沒辦法抓牢，寇洛琳趕緊乘機掙脫。接著，怪物睜開了眼睛！四隻黑色的鈕釦眼閃閃發亮，低頭瞪著寇洛琳，兩個她從來沒聽過的聲音開始對她說話；一個聲音時而嚎啕，時而低語，另一個聲音則嗡嗡作響，像是窗檯上憤怒的肥胖青蠅，但是這兩個聲音都異口同聲地吼著：「小偷！還來！別跑！小偷！」

狗蝙蝠漫天飛舞，寇洛琳開始後退；她發現，那個曾經是另一個史小姐和福小姐的東西雖然非常可怕，但是那張網卻把它緊緊黏在牆上，它困在繭裡，沒辦法追上來。

狗蝙蝠在她身邊拍著翅膀飛來飛去，但是沒有傷害寇洛琳。她爬下舞台，拿著手電筒掃射陳舊的戲院，想找到出口。

「姑娘，快逃！」有個女孩在她的腦袋裡呼喊著，「快逃，快！妳已經找到兩個了。趁妳一息尚存，快逃離此地！」

寇洛琳把彈珠放進口袋裡，跟另一顆彈珠放在一起。她找到門口，狂奔而去，用力把門拉開。

Chapter 9

門外，整個世界成了一團亂七八糟、昏天黑地的迷霧，看不見模糊的形狀，也沒有人影，房子則是歪歪扭扭的；寇洛琳覺得那棟房子好像蜷伏著，低頭瞪著她，看起來一點也不像房子，只是個模模糊糊的想法，而有這個想法的人，一定不是什麼好人。她努力擦掉手臂上黏答答的網子；房子灰色的窗戶歪七扭八的。

另一個媽媽站在草地上，雙手交叉在胸前，等著她；她黑色的鈕釦眼裡毫無表情，但是雙唇緊閉，透露出冷冷的怒意。

她一看見寇洛琳，便伸出一隻長長的白色手臂，一根手指彎成了鉤子的模樣。寇洛琳走向她，另一個媽媽一語不發。

「我找到兩個了，」寇洛琳說，「還剩下一個。」

另一個媽媽的表情沒有改變，也許她根本沒有聽到寇洛琳的話。

「呃，我只是覺得妳也許會想知道。」寇洛琳說。

「謝謝妳，寇洛琳，」另一個媽媽說，語調非常冷淡，她的聲音不只來自口中，還來自那團迷霧，來自暮靄，來自那棟房子，來自天空。她說：「妳知道我愛妳。」

寇洛琳忍不住點了點頭。沒錯：另一個媽媽真的愛她，但是她的愛就像守財奴愛錢，或是看守寶藏的巨龍愛金銀財寶一樣；寇洛琳知道，在另一個媽媽的黑色鈕釦眼裡，她不過是種財產罷了，就像是隻失寵的寵物，無法再討她歡心。

「我不要妳的愛，」寇洛琳說，「我不要妳的東西。」

「也不要我幫妳一把？」另一個媽媽說，「畢竟，到目前為止，妳的表現還算不賴。我想妳需要一點暗示，好幫妳找到其他的寶藏。」

「我自己來就行。」寇洛琳說。

「是啊，」另一個媽媽說，「但是如果妳想進去前面那間公寓，那間空的公寓，去到處瞧瞧，結果發現門鎖住了，那麼，妳會去哪裡呢？」

「噢，」寇洛琳想了想，然後說：「有鑰匙嗎？」

另一個媽媽站在灰白色的濃霧中，四周的世界已經壓成了平面，失去立體感；她黑色的頭髮四處飄動，好像自有生命，自有想法。突然間，她從喉嚨深處咳了咳，然後張開嘴。

另一個媽媽伸手從舌頭上拿出一支小小的黃銅鑰匙。

「拿去，」她說，「妳需要這把鑰匙才能進去。」

她若無其事地把鑰匙拋向寇洛琳，寇洛琳還來不及想清楚自己到底要不要，就用單手接住了；鑰匙還有些濕濕的。

四周颳起一陣冷風，寇洛琳打了個寒顫，分了神，等她再回頭，另一個媽媽已經不見了。

寇洛琳有些猶豫，但是還是走到房子前，站在空公寓的大門前。這扇門跟其他門一樣，都漆成了鮮綠色。

「她不懷好意，」有個鬼魂在她耳邊說，「我們不相信她會幫妳，這一定是個騙局。」

寇洛琳說，「是啊，我想你說得沒錯。」然後把鑰匙插進門，轉了轉。

門靜靜地打開，寇洛琳也靜靜地走了進去。

公寓牆壁是陳舊的乳白色，木頭地板上沒鋪地毯，卻留下幾塊大大小小舊地毯的印子。

屋裡沒有家具，只留下了舊家具的痕跡；牆上沒有裝飾，卻有幾塊褪色的方形，看得出來曾經掛了畫像或是照片。四周寂靜無聲，寇洛琳彷彿可以聽見塵埃飄過空中的聲音。

她不禁開始擔心，會有怪物跳出來，嚇她一跳，於是她開始吹口哨，心想如果她吹口哨，怪物就不敢出來嚇她。

她先走過空盪的廚房，再走過空盪的浴室，浴室裡只有一個生鐵製的浴缸，浴缸裡有一隻跟貓一樣大的死蜘蛛。

她最後看的那間房，她覺得是間臥室；她可以想像地板上那個灰塵留下的印子，曾經擺了一張床。接著她看見了一樣東西，不由得露出扭曲的笑容：地板上有個大大的金屬環。寇洛琳跪了下來，抓著冷冰冰的金屬環，拚命往上拉。

費了九牛二虎之力，寇洛琳終於緩緩拉起地板上那道方形的入口：原來是一道暗門，暗門的後面是一片漆黑。寇洛琳將手伸下去摸索，摸到了一個冰冷的開關，她撥了撥開關，本來以為沒用，沒想到下方竟然亮起了燈泡，一絲微弱的黃光從地板上的小洞透出來。她看見有個樓梯通往下方，其他的就什麼也看不見了。

寇洛琳把手伸進口袋，拿出有洞的石頭，透過石頭掃描地窖，但是卻一無所獲。她把石頭放回口袋。

洞裡傳來潮濕的黏土味，還有股刺鼻的酸味，就像是醋的味道。

寇洛琳緊張地看著暗門，打算走進地窖一探究竟。暗門非常沉重，寇洛琳心想，要是暗門關了起來，她鐵定要困在黑暗裡永遠出不來了。她伸手碰了碰暗門，暗門紋風不動，於是她轉身走向黑暗的地窖，走下樓梯。樓梯底下的牆上又有一個電燈開關，是金屬做的，上面鐵鏽斑斑。她用力壓下開關，一顆垂掛在低低天花板上的燈泡就亮了起來，但是光線不是很夠，寇洛琳看不清楚地窖斑駁的牆上畫了什麼東西。那些圖畫看起來相當粗糙，她看得出來畫了眼睛，還有很像葡萄的東西，底下還有別的，好像是人像，可是寇洛琳不確定。

房裡的一角堆了一堆垃圾：有裝滿發霉報紙的硬紙箱，一旁堆著陳舊的窗簾。

寇洛琳穿著拖鞋，嗄吱嗄吱地踩過水泥地板，現在，四周更是臭氣沖天；她原本想要轉身離開，卻看到窗簾下露出了一隻腳。

她深深吸了口氣（酸酒味和發霉的麵包味直衝腦門），拉開潮濕的窗簾，發現有個東西，那東西的大小和形狀有點像人。

燈光昏暗，她花了好一陣子才看清楚：那個東西很蒼白，身體腫脹，像隻蛆蟲，四肢卻瘦得像柴枝；它的臉腫得像發酵的麵糰，幾乎看不見五官。

怪物的眼睛是兩顆又黑又大的鈕釦。

寇洛琳覺得又噁心又害怕，發出了聲音，怪物好像聽到了聲音，醒了過來，開始坐起身。

寇洛琳嚇呆了，站在原地動彈不得。怪物轉過頭，用黑色的鈕釦眼直直盯著寇洛琳，沒有五官的臉裂了個開口，成了他的嘴，嘴唇上沾了一條一條白色的東西；它開始說話，可是它的聲音再也不像爸爸了，它輕聲說：「寇洛琳。」

「呃，」寇洛琳對著曾經是另一個爸爸的怪物說，「至少你沒有跳出來嚇我。」

怪物用柴枝般的雙手推開臉上的白色黏土，發出怪聲，但卻一句話也沒說。

「我在找我的爸爸媽媽，」寇洛琳說，「還有其他小孩被偷走的靈魂。他們在這裡嗎？」

「這裡什麼也沒有，」蒼白的怪物模模糊糊地說，「這裡只有灰塵、濕氣和遺忘。」怪物全身慘白，巨大又腫脹。真是個怪物，寇洛琳心想，但是也很可憐。她拿起有洞的石頭，對著眼睛看出去：什麼也沒有。白色怪物說的是實話。

「真可憐，」她說，「我想她一定是為了懲罰你對我洩露太多事情，才把你關在這裡。」

怪物遲疑了一會，然後點點頭；寇洛琳不曉得自己以前怎麼會覺得這個蛆蟲怪物像爸爸。

「真的很抱歉。」她說。

「她很不開心，」曾經是另一個爸爸的怪物說，「一點也不開心。妳讓她很不高興，她只要一不高興，就會拿大家出氣。她就是這樣。」

寇洛琳拍拍怪物沒有頭髮的頭。它的頭皮有點黏黏的，就像是溫溫的麵糰。「真可憐，」她說，「她把你創造出來，又把你丟到一旁。」

怪物點頭如搗蒜，右邊的鈕釦眼掉了下來，鏗一聲掉在水泥地板上。它用剩下的一隻眼睛茫然地四下張望，好像找不到寇洛琳；終於，它看見了寇洛琳，於是它用盡全身的力氣，再一次張開嘴，用濕濕黏黏又急促的聲音說：「孩子，快逃！離開這個地方。她要我傷害妳，把妳永遠留在這裡，這樣妳就永遠沒辦法結束遊戲，她就贏定了。她逼我逼得好兇，我反抗不了。」

「你可以的，」寇洛說，「勇敢點！」

她環視四周：曾經是另一個爸爸的怪物擋在她和出地窖的階梯之間。她開始擠向牆壁，朝階梯走去。怪物蠕動身體，再用那隻剩下的眼睛直直盯著她。現在，它看起來更大，也更清醒了。「啊！」它說，「我辦不到！」

接著，怪物張著沒有牙齒的血盆大口，撲向寇洛琳。

在這個千鈞一髮之際，寇洛琳只有兩個念頭：她可以放聲尖叫，拚命逃跑，讓大蛆蟲追著她在昏暗的地窖裡到處跑，最後被大蛆蟲一把抓住。但是她還有別的辦法。

於是她用了第二個辦法。

等到怪物接近，寇洛琳就伸出手抓住怪物剩下的那隻鈕釦眼，使勁力氣拚命扯。

一開始鈕釦動也不動，接著，鈕釦鬆了開來，從寇洛琳的手中滑落，鏘一聲撞在牆上，然後滾落水泥地面。

怪物僵在原地。它茫然地轉過蒼白的臉，嘴巴大得嚇人，它又氣又惱，放聲狂吼，然後猛然撲向寇洛琳原先站的地方。

但是寇洛琳已經不站在那兒了，她早就躡手躡腳地走到階梯那兒，想離開掛著模糊畫像的地窖；但是她的眼睛卻緊盯著腳下的地板，蒼白的怪物站在那兒，雙手揮來揮去，全身扭來扭去，拚命搜尋她的身影，然後突然間好像有人告訴它該怎麼辦，它停了下來，把沒有眼睛的頭側向一邊。

*它想聽出我在哪裡，寇洛琳心想，我一定要非常安靜。*她又往上爬了一階，腳在階梯上滑了一下，怪物聽見了她的聲音。

怪物的頭歪向寇洛琳，然後它搖了搖頭，好像努力想清醒過來，然後，就像一條毒蛇，它快速地滑向階梯，拾級而上，衝向寇洛琳。寇洛琳轉身跑過剩下的五、六步台階，拚命爬上滿是灰塵的臥室地板，毫不遲疑地拉下暗門，然後手一鬆，暗門發出砰然巨響，掉了下來，在地板上抖動了一陣，然後緊緊地闔上。

寇洛琳喘了口氣。要是房裡有家具，就算只是張椅子，她也會拉來壓住暗門，但是房裡什麼東西也沒有。

她趕緊走出那幢公寓，但是她只是快步走著，沒有奮力狂奔；然後她鎖上門，把鑰匙放在門邊的腳墊下，走到馬路上。

她原以為另一個媽媽會站在那兒等她出來，但是四周一片寂靜，一個人影也沒有。

寇洛琳想回家。

她用雙手環抱著自己，告訴自己，自己很勇敢，而她也幾乎相信，自己真的很勇敢。然後她走到她的另一個家，四周籠罩著灰濛濛的霧氣，但卻又不是真的霧。她爬上了樓梯。

Chapter 10

寇洛琳走上屋外的樓梯，到了頂樓；在她原來的世界裡，那裡住了個瘋老頭。她曾經跟著真的媽媽上去過一次；那時候媽媽要去收募捐的錢，她們站在走廊上，等著臉上長滿鬍子的瘋老頭找到媽媽之前留下的信封。瘋老頭的屋裡有股奇怪的食物味、菸斗味，還有種刺鼻的味道，聞起來很像起司，但是寇洛琳不確定；她可不想跨進瘋老頭的家。

「我是個探險家！」寇洛琳大聲說，但是在濃濃的霧氣中，她的聲音聽起來悶悶的，一點活力也沒有。不管怎麼說，地窖那關並沒有困住她，不是嗎？沒錯。但是寇洛琳確定，瘋老頭的屋子會比地窖更可怕。

她爬上頂樓。頂樓的公寓曾經是間閣樓，但那是很久以前的事了。

她敲敲漆成綠色的門，門開了，她走了進去。

我們牙兒利，我們眼兒尖，
我們尾巴長，膽大可包天，

等到我們爬上來，
你們全都上西天！

有好幾十個聲音齊聲低唱著，也許還更多；屋裡黑漆漆的，屋頂低低斜向牆壁，寇洛琳幾乎伸手就能碰到。

紅色的眼睛盯著她，她一靠近，粉紅色的小腳就急忙閃開，暗影幢幢間，黑色的影子忽隱忽現，來去穿梭。

這裡的味道比真正的瘋老頭家還臭。真正的瘋老頭家有食物的味道（寇洛琳覺得是很難吃的食物，但是她知道，那只是因為跟她的口味不合：她不喜歡香料、藥草，也不喜歡外國菜），但是這裡卻好像擺滿了全世界的外國菜，然後任憑食物腐爛。

「小女孩。」遠處的房間裡傳來沙啞的聲音。

「有！」寇洛琳說。她告訴自己：我不害怕，然後她發現，自己真的不害怕。這裡沒什麼好怕的；所有的東西都只是幻覺，就連地窖裡的怪物也一樣，都是另一個媽媽做出來的，她想模仿真實世界裡的人物，但卻模仿得醜惡不堪。寇洛琳覺得，另一個媽媽根本沒辦法真的創造東西，她只能模仿已經存在的東西，或是把東西扭曲、變形。

然後，寇洛琳不禁開始懷疑，另一個媽媽為什麼要在起居室的壁爐上擺雪景玻璃球？在寇洛琳的世界裡，壁爐上什麼也沒有。

這麼一問，她就發現，問題的答案已經呼之欲出。

然後那個聲音又開口說話，打斷了她的思緒。

「來吧，小女孩。我知道妳要什麼，小女孩。」這個聲音又粗又啞，讓寇洛琳想到了死掉的大昆蟲。她知道這個念頭很傻，死掉的東西，尤其是死掉的昆蟲，怎麼可能會說話呢？

她走過幾個屋頂低斜的房間，到了最後一間房。那是間臥房，另一個瘋老頭坐在房間的最深處，四周幾乎是一片漆黑；他身上裹著大衣，戴著帽子，等到寇洛琳進門，他就開始說話。「什麼都沒有改變，小女孩，」他的聲音聽起來好像是枯葉沙沙地掃過人行道，「就算妳實現了諾言呢？然後呢？什麼也沒有改變。妳會回家，妳會覺得很無聊，妳會被忽略，沒人會聽妳說話，他們只會左耳進右耳出。妳太聰明、太安靜了，他們不能了解妳，甚至連妳的名字都弄錯了。」

「妳留在這裡陪我們，」房間深處的人影說，「我們會聽妳說話，跟妳玩，陪妳一起歡笑。妳的另一個媽媽會為妳造更多的世界，讓妳探險。每天晚上，等妳探險完，就拆掉再造新的。日子會一天比一天好，一天比一天快樂。還記得那個玩具箱嗎？如果造一個跟玩具箱一模一樣的世界，只屬於妳一個人，豈不是棒透了嗎？」

「那會不會有又灰暗又潮濕的日子，讓我不知道該做什麼才好，沒有書可以讀，沒有電視可以看，沒地方可以去，沒完沒了地一天又一天？」寇洛琳問。

陰影中傳來瘋老頭的聲音：「絕對不會。」

「那會不會有很難吃的飯，照著『自創食譜』做出來的菜，裡頭包了大蒜、龍蒿還有蠶豆？」寇洛琳問。

「每餐都是佳肴美食，」帽子底下傳來一陣低語，「每一口都讓妳回味無窮。」

「那我可不可以買螢光綠的手套來戴，還有形狀像青蛙的黃色雨鞋？」寇洛琳問。

「青蛙、鴨子、犀牛、章魚……妳愛什麼就有什麼。每天早上都會為妳重新造一個世界。只要妳留在這裡，妳要什麼就有什麼。」

寇洛琳嘆了口氣。「你真的不懂，是吧？」她說，「我才不要要什麼有什麼，也沒有人會要什麼有什麼，真的沒有。如果我要什麼就有什麼，那還有什麼好玩的？什麼都稱心如意，就什麼意義也沒有。東西到手了，然後呢？」

「我不懂。」帽子下的聲音又低聲說。

「你當然不懂。」寇洛琳說，她把有洞的石頭拿起來對著眼睛，「你只是她粗製濫造的仿冒品，想模仿樓上的瘋老頭而已。」

「再也不是了。」那個嘶啞的聲音低聲說。有道光芒在瘋老頭的防水大衣那兒閃爍著，位置大概在胸口。透過石中洞望出去，那道光芒就像星星一樣閃閃發光，發出藍白色的光芒。寇洛琳真希望自己能拿根棍子去戳他：她可不想靠近房間深處那個幽靈般的人影。

寇洛琳走近瘋老頭，沒想到瘋老頭竟然垮了下來；二、三十隻黑色的老鼠從他的袖子裡、大衣下、帽子下蹦出來，紅色的眼睛在黑暗中閃閃發亮。鼠群吱吱喳喳地叫著，逃了開來；大衣在空中抖了抖，然後重重地墜落在地板上，帽子滾到了房間的一角。

寇洛琳伸出手，拉開大衣。大衣裡空無一物，但是摸起來油膩膩的，看起來，最後一個玻璃彈珠並沒有在裡面。她瞇起一隻眼，透過石中洞掃描整個房間，看到門口的地板附近有個東西一閃一閃的，像星星一樣。那隻最大的黑色老鼠用前掌抓住那個閃亮的東西，寇洛琳看著大老鼠，大老鼠一溜煙不見了。

其他老鼠分散在房間的各個角落，看著寇洛琳追著大老鼠跑出去。

沒錯，有時候老鼠跑得比人還快，尤其是短距離衝刺的時候，但是，如果是隻黑色的大老鼠用兩隻前掌抓著彈珠，那可就跑不過下定決心的小女孩奮力狂奔了（即使寇洛琳在同年齡的小孩裡算是小個兒）。其他的小黑鼠跑來跑去，想擋住寇洛琳的路，讓寇洛琳分心，但是她才不理，只是緊緊盯著那隻抓著彈珠的大老鼠。大老鼠跑向門口，直衝屋外。

他們來到屋外的樓梯。

寇洛琳回頭看看房子，發現房子無時無刻不在改變，變得愈來愈模糊，愈來愈平面，就連她跑下樓梯的時候，房子也一直在改變。現在，寇洛琳覺得這幢房子就像是張房子的照片，而不是幢真正的房子。但是她無暇多想，匆匆忙忙地衝下階梯，拚了命也要追到大老鼠。她跑得很快，但是等她跑到樓梯的最後一階時，她就發現自己衝過頭了，她的腳滑了一下，扭傷了腳踝，撲倒在水泥地上。

她的左膝擦傷，破了皮，撐在地上的那隻手更是傷痕累累，傷口裡還和著砂礫。她只覺得有點痛，但是她知道，過一會兒就會痛死人了。她把手掌的砂礫挑出來，爬起來，明白自己輸了，已經來不及了，她趕緊跑到一樓。

她四下找尋大老鼠，但是大老鼠不見了，彈珠也不見蹤影。

手上破皮的地方傳來陣陣刺痛，膝蓋的血沿著破掉的睡褲流下；某個夏天，媽媽為了讓寇洛琳學會騎腳踏車，把輔助的輪子從車子上拆掉，那時候寇洛琳也是摔得全身是傷，可是那個時候，雖然全身傷痕累累（她的膝蓋總是舊創未癒又添新傷），但是她很有成就感，因為她在學習，學會了以前不會的事，可是現在她只感到冰冷的失落感。她救不了那些小孩的鬼魂，救不了爸爸媽媽，救不了自己，什麼都救不了。

她閉上眼，希望大地能把她吞噬。

有個咳嗽聲。

她張開眼，看見那隻大老鼠。牠躺在樓梯底部，看來一臉驚訝：不過牠的臉跟身體早就分了家。牠的鬍鬚僵硬，眼睛張得老大，露出一嘴尖尖的黃牙，脖子上繞著一圈血痕。

黑貓站在身首異處的老鼠旁，一臉得意，一隻前掌壓在灰色的玻璃彈珠上。

「我想我曾經提過，」貓咪說，「我不是特別喜歡老鼠，不過，看來妳剛好需要這隻老鼠，希望妳不介意我插手。」

「我想……」寇洛琳氣喘吁吁地說，「我想你可能……可能說過……類似的話。」

貓咪把前掌移開彈珠，彈珠滾向寇洛琳，她撿了起來；最後一個鬼魂在她的腦袋裡急切地對她說話。

「她是騙妳的，妳已經是她的囊中物了，她怎麼會輕易放過妳。江山易改，本性難移，她怎可能放過我們？」寇洛琳寒毛直豎，心裡很清楚，鬼魂女孩說得沒錯。她把這顆彈珠跟前兩顆彈珠一起放在睡衣口袋裡。

現在，三顆彈珠都找齊了。

她只要再找到爸爸媽媽，就大功告成了。

寇洛琳驚訝地發現，找到爸爸媽媽並不難，她已經知道他們身在何方了。如果她肯停下來好好思考，也許早就知道他們在哪裡了。另一個媽媽沒辦法創造新的東西，她只能把東西變形、扭曲、改變。

她想起家中起居室裡的壁爐上是空無一物的，但是除此之外，她還想到了別的事情。

「另一個媽媽打算食言，她不會放我們走的。」寇洛琳說。

「我想也是，」貓咪承認，「就像我說的，她可能會玩花樣。」接著牠抬起頭來，「嘿……妳看到了嗎？」

「什麼？」

「妳回頭看看，」貓咪說。

房子看來更平面了，再也不像照片，而像一幅畫，一幅用炭筆隨意在灰色紙張上畫出的素描畫。

「無論如何，」寇洛琳說，「謝謝你幫我抓到那隻大老鼠。我想我應該快成功了，對吧？你先走吧，看你是要穿過雲霧，還是到哪兒去都沒關係，我……呃……我希望我能回家，跟你再見面，不過這得她肯放我走才行。」

貓咪身上的毛豎了起來，尾巴上的毛也蓬起來，看起來好像是掃煙囪的刷子。

「怎麼了？」寇洛琳問。

「不見了，」貓咪說，「出口跟入口都不見了，全都變成平的了。」

貓咪垂下了尾巴，生氣地把尾巴甩來甩去，從喉嚨深處發出咆哮，繞了個圓圈，背對著寇洛琳，然後全身僵硬地一步步往後退，直到碰到了寇洛琳的腳。寇洛琳伸出手輕撫牠，感覺牠的心跳得非常快。牠全身顫抖，猶如暴風中的枯葉。

「你不會有事的，」寇洛琳說，「事情會有轉機的，我會帶你回家。」

貓咪不發一語。

「來吧，貓咪。」寇洛琳說。她回頭往階梯走了一步，但是貓咪卻留在原地，看起來可憐兮兮，身形莫名地縮小了許多。

「如果非得跟她正面衝突才能出去，」寇洛琳說，「那我們就跟她拚了。」她走回貓咪身邊，彎下腰，把貓咪抱起來。貓咪沒有反抗，只是發著抖。她用一隻手托著貓咪的臀部，讓貓咪的前腳靠在肩上。貓咪很重，但是還沒重到抱不起來，牠舔舔寇洛琳血跡斑斑的掌心。

寇洛琳一階一階往上爬，往家裡的方向走去。她感覺到彈珠在她的口袋裡喀啦作響，感覺到那顆有洞的石頭，感覺到貓咪壓在她的胸前。

她走到了前門，此刻，前門已經變成了一幅小孩的塗鴉；她伸出手推門，原以為會把門扯破，然後只瞧見門後漆黑一片，散落著點點繁星。

但是門旋了開來，寇洛琳走了進去。

Chapter 11

走進她的家，不，應該說走進「不是她的家」，寇洛琳發現，這一層樓還沒有像房子的其他部分一樣，變成潦草的圖畫，覺得非常高興。寇洛琳的家還是深淺分明，明暗對比，還有個人站在暗處等著她回來。

「妳回來啦，」另一個媽媽說道，聽起來一點也不高興，「還帶了害蟲回來。」

「才不是，」寇洛琳說，「我帶了個朋友回來。」她感到懷裡的貓咪愈來愈僵硬，好像急著想離開。

寇洛琳想要把牠當作泰迪熊一樣緊緊抱住，安慰牠，但是她知道貓咪不喜歡被人緊緊抱住，而且她也擔心，如果激怒了受驚嚇的貓咪，牠很有可能會亂咬亂抓，即使跟自己同一陣線也不例外。

「妳知道我愛妳。」另一個媽媽冷淡地說。

「妳表達愛意的方法還真奇怪。」寇洛琳說。她走到走廊裡，然後轉進起居室，一步又一步穩穩地走著，假裝感覺不到另一個媽媽用空洞的黑色鈕釦眼在背後盯著她。奶奶留下來的家具還在那兒，那幅奇怪的水果畫也還在（但是畫裡的水果被吃掉了，盆子裡只剩下一個褐色的蘋果核、幾粒梅子和桃子的果核，還有吃剩的葡萄梗）。獅爪桌好像失去了耐心，用腳爪耙過地毯。在房間深處的角落裡有張木門，在寇洛琳原來的那個世界裡，木門的後面曾經是面平坦的磚牆。寇洛琳忍著不去盯那扇門。窗外一片霧茫茫，什麼也看不見。

寇洛琳知道，時候到了。揭穿真相的時候到了，謎底揭曉的時候到了。另一個媽媽跟著她進來。現在，她站在房間正中央，站在寇洛琳跟壁爐的中間，用黑色的鈕釦眼低頭看著寇洛琳。

真好笑，寇洛琳心想；另一個媽媽一點也不像真的媽媽，她覺得自己一定是受騙上當，才會覺得她們兩人很像。另一個媽媽的身材非常巨大，她的頭幾乎要掃到天花板，而且她非常蒼白，就像蜘蛛的肚子一樣。她的長髮纏繞在脖子上，牙齒尖得像刀子一樣……

「好啦，」另一個媽媽兇巴巴地說，「他們在哪兒呢？」

寇洛琳靠在扶椅上，用左手調整一下貓咪的位置，再把右手放進口袋，拿出三顆灰色的彈珠。彈珠表面像蒙了層霜，灰濛濛的，在她的手裡叮噹作響。另一個媽媽伸出白色的手指想拿走彈珠，但是寇洛琳把彈珠塞回口袋。現在寇洛琳完全確定，另一個媽媽並不打算放她走，也不會說話算話，一切只是個遊戲而已。「等等，」她說，「遊戲還沒結束，對吧？」

另一個媽媽的眼中充滿了怒火，但是她還是展露出了甜美的笑容。「沒錯，」她說，「我想遊戲還沒有結束；畢竟，妳還得要找到妳的爸爸媽媽，對吧？」

「對，」寇洛琳說。她心想：我一定不能看著壁爐，連想都不能想。

「這樣啊？」另一個媽媽說，「那就去把他們找出來。妳要不要再去地窖找找？妳知道，我在那兒藏了一些有趣的東西。」

「不要，」寇洛琳說，「我知道我的爸爸媽媽在哪裡。」貓咪在她的手臂裡沉甸甸的，於是她把貓咪的爪子從肩上放下來，把貓咪往前挪了挪。

「哪裡？」

「根據我的推理，」寇洛琳說，「既然我已經找遍所有妳可能藏他們的地方，那麼他們一定不在房子裡。」

另一個媽媽站著動也不動，臉上什麼表情也沒有，雙唇緊閉著，看起來就像是尊蠟像，就連她的頭髮也靜止不動。

「所以，」寇洛琳繼續說，雙手緊緊抱住黑貓，「我知道他們在哪裡了。妳把他們藏在連接兩棟房子的長廊裡，對不對？他們就在那扇門後面。」寇洛琳朝角落那扇門點點頭。

另一個媽媽還是像個雕像般動也不動，但是臉上露出了一抹竊笑，「噢，是嗎？是這樣嗎？」

「妳何不打開門瞧瞧？」寇洛琳說，「他們就在裡面，就是這樣。」

她知道，這是回家的唯一方法，但是這個計畫要成功，得看另一個媽媽是不是喜歡幸災樂禍，是不是贏了遊戲還不夠，還要得意洋洋地炫耀自己勝利了。

另一個媽媽慢慢把手伸進圍裙口袋，拿出黑色的鐵鑰匙。貓咪很不舒服地在寇洛琳懷裡動來動去，好像想下來。再忍耐一會兒就好了，她心裡對著貓咪說，不知道貓咪是不是聽得到。我會讓我們兩個人都能順利回家，一定會，我保證。她覺得貓咪在懷裡稍微放鬆了一點。

另一個媽媽走向那扇門，把鑰匙插進門鎖裡。

她轉動鑰匙。

寇洛琳聽到機械發出沉重的喀啦聲，但是她早就已經悄悄地一步一步往壁爐退去。

另一個媽媽轉動門把，拉開門，門後是一條長廊，黑漆漆地，空無一人。「妳瞧，」她一邊說著，一邊向長廊揮了揮手，一臉得意，瞧著真是讓人不舒服。「妳猜錯啦！妳才不知道妳的爸爸媽媽在哪裡，對吧？他們不在那裡！」她轉過身面對寇洛琳，「好啦，」她說，「現在妳要永遠永遠留在這裡陪我。」

「不，」寇洛琳說，「我不要！」然後她奮力把黑貓丟向另一個媽媽。黑貓發出淒厲的尖叫，落在另一個媽媽的頭上，張牙舞爪，攻勢兇猛。牠全身的毛髮直豎，身體好像又幾乎恢復原來的大小了。

寇洛琳一個箭步衝向壁爐，一把抓起那顆雪景玻璃球，塞進睡衣口袋的深處。

貓咪低沉地長嚎一聲，然後狠狠一口咬向另一個媽媽的臉頰。另一個媽媽拚命拍打貓咪，鮮血從蒼白的臉頰上汩汩流出，可是她的血不是紅色的，而是像柏油一般的深黑色。寇洛琳衝向門口。

她把鑰匙從門鎖上抽出來。

「放開她，快過來！」她對貓咪喊。貓咪發出嘶嘶的叫聲，然後用尖如刀刃的爪子狂掃過另一個媽媽的臉，在鼻子上劃下幾道深深的黑色血痕，然後躍向寇洛琳。寇洛琳大喊：「快！」貓咪衝向她，和她一起進入黑暗的長廊中。

長廊裡十分陰涼，就像在大熱天裡走進地窖一樣。貓咪遲疑了一會兒，然後，眼見另一個媽媽追了過來，才趕緊跑向寇洛琳，在她腳邊停了下來。

寇洛琳開始使勁拉門，想把門關起來。

寇洛琳沒想到這道門竟然這麼重，就像是逆著狂風關門一樣；接著，她感到門的對面也有個東西在拉門，不讓她把門關起來。

快關起來！她心想，接著放聲大吼：「快關起來！拜託！」然後她覺得門開始鬆動了，無形的風好像漸漸變弱，門漸漸關了起來。

突然，她發現長廊裡還有其他人跟她在一起；她沒辦法回頭看，但是她不用看也知道身邊有其他人。「幫幫忙，拜託！」她說，「大家一起來！」

長廊裡還有三個小孩，兩個大人，他們都沒有形體，無法接觸那扇門，但是寇洛琳用力拉門的時候，他們的手也緊緊抱住了她，突然間，她覺得力氣大了不少。

「姑娘，千萬別放棄！撐住！撐住！」她心裡有個聲音低聲說。

「拉呀，女孩，拉呀！」另一個聲音低聲說。

然後，有個聲音聽起來很像媽媽，是寇洛琳的媽媽，真的媽媽，雖然她令人生氣、憤怒，卻也是個很棒的母親，世上無人能比；她只說了一句：「幹得好，寇洛琳。」這句話勝過了千言萬語。

門開始滑動了，輕輕鬆鬆就能闔上。

「不！」門後傳來一陣尖叫，聽起來再也不像是人的聲音。

有隻手從門縫伸出來，想抓住寇洛琳，寇洛琳把頭轉開，左閃右閃，但是門又漸漸打了開來。

「我們要回家！」寇洛琳說，「一定要！幫幫忙！」她努力閃開那隻想抓住她的手。

於是其他人開始把力氣傳給寇洛琳：寇洛琳已經沒力氣了，但是鬼魂的手又讓她恢復了力氣。最後，她感到有股強大的阻力，好像門卡到了什麼東西，然後「砰」的一聲，門重重地關上了。

有個東西從跟寇洛琳頭部一樣高的地方掉了下來，發出像爪子抓過地面的喀嗒喀嗒聲，墜落地面。

「快！」寇洛琳說，「此地不宜久留！快！」

寇洛琳轉過身背對著門，開始奮力沿著長廊狂奔，長廊裡一片漆黑，她邊跑邊伸出手摸著牆壁，免得撞到東西，或是在黑暗中掉了頭。

這段路是上坡，對寇洛琳來說真是無比漫長。現在，她手中的牆壁摸起來溫溫的，變軟了，而且她還發現，牆壁上好像蓋著一層細細的絨毛，微微振動著，好像在呼吸，她急忙把手收回來。

黑暗中狂風呼嘯。

她很怕會撞到東西，於是她又伸手摸牆，這一次她覺得牆壁又熱又濕，好像把手伸進了人的嘴巴，她微微驚叫了一聲，把手縮了回來。

她的眼睛已經習慣了黑暗，可以模模糊糊看到前方微微閃著一片一片的光芒，好像有兩個大人，三個小孩；她也聽到貓咪在她前方走著。

除此之外，還有別的東西。那個東西在她兩腳之間喀嗒喀嗒地跑來跑去，害寇洛琳差點跌倒，但是她趕緊穩住腳步，順著原來的衝力繼續跑下去。她知道，如果她在長廊裡跌倒，可能就永遠爬不起來了。長廊又深又緩慢，還知道寇洛琳在裡頭……

突然間出現了陽光，她朝向光亮處跑去，氣喘吁吁。「快到了！」她鼓勵大家，可是她發現，光亮一出現，鬼魂就不見了，只剩下她一個人，但是她無暇多想鬼魂到底怎麼了，她喘著氣，跌跌撞撞地走進門，用力把門甩上，發出最大、最讓人心滿意足的聲音。

寇洛琳鎖上門，把鑰匙放回口袋。

黑貓縮在房間的最深處，露出粉紅色的舌尖，一雙眼睛瞪得老大。寇洛琳走過去蹲在牠身旁。

「對不起，」她說，「對不起，我把你丟在她身上，但是只有這個方法才能讓她分心，才能讓我們全都脫身。她一定不會說話算話，對不對？」

貓咪抬頭看著她，把頭放在她的手裡，用砂紙般的舌頭舔著她的手指，發出呼嚕呼嚕的叫聲。

「我們是朋友囉？」寇洛琳說。

她坐在奶奶那張不舒服的扶椅上，貓咪跳上她的大腿，舒服地蜷伏著。窗外射進來的光線是陽光，千真萬確的金黃色夕陽餘暉，而不是白色的霧氣。天空是藍綠色的，寇洛琳看見樹林，還有樹林後面綠色的山丘，山丘向地平線漸漸淡去，變成了紫色和灰色。這片天空從來沒有這麼像天空，這個世界也從來沒有這麼像世界。

寇洛琳盯著樹上的樹葉，瞧著窗外樺樹幹上明暗分明的一道道裂痕，然後低頭看看大腿，看著耀眼的陽光掃過貓咪頭上的毛髮，把每根鬍鬚都染成了金黃色。

她心想，沒什麼比這件事更有趣了。

寇洛琳一心想著這件有趣的事，不知不覺中已經彎著身體，像隻貓咪一樣蜷曲在奶奶那張不舒服的扶椅上，沉沉睡去，什麼也沒夢見。

Chapter 12

媽媽輕輕搖醒了寇洛琳。

「寇洛琳？」她說，「親愛的，妳怎麼會在這個地方睡著了呢？真是的，這裡可是專門放最貴重的東西呢。我們為了找妳，找遍了整個房子啊。」

寇洛琳伸伸懶腰，眨眨眼，「對不起，」她說，「我睡著了。」

「看得出來，」媽媽說，「還有，那隻貓打哪兒來的？我進來的時候牠就在前門等著，我一打開門，牠就像子彈一樣，咻地一聲衝出去了。」

「也許牠有事情要辦。」寇洛琳說完，伸手抱住了媽媽，她抱得很緊，手臂都痛了。媽媽也回抱了寇洛琳。

「再十五分鐘就可以吃晚餐了，」媽媽說，「別忘了洗手。瞧瞧妳的睡衣鈕釦，妳那可憐的膝蓋是怎麼回事？」

「我跌倒了。」寇洛琳說。她走進浴室，洗洗手，清洗血跡斑斑的膝蓋，在割傷和破皮的地方塗上藥膏。

她走進她的臥室，那是她真正的臥室，如假包換。她把手伸進睡衣的口袋裡，然後拿出三顆彈珠，有洞的石頭，黑色的鑰匙，還有一個空空的雪景玻璃球。

她搖搖雪景玻璃球，看著閃閃發亮的雪花隨著水波旋轉，充滿了玻璃球裡空無一人的世界。她放下玻璃球，看著雪花落下，蓋滿了那對小夫婦曾經站過的地方。

寇洛琳從玩具盒裡拿出一條細繩，把繩子穿過黑色的鑰匙，綁起來，掛在脖子上。

「好了。」她說。她穿上衣服，把鑰匙藏在T恤裡。鑰匙冰冰涼涼的。她把石頭放進口袋。

寇洛琳走過走廊，到爸爸的書房。爸爸背對著寇洛琳，但是她知道，爸爸轉過身來的時候，她會看見爸爸慈愛的灰色眼睛。她悄悄走上前去，親親爸爸微禿的後腦勺。

「哈囉，寇洛琳，」爸爸說，然後他四下看了看，對寇洛琳微微一笑，

「為什麼親我？」

「沒什麼，」寇洛琳說，「我只是偶爾會想你，就這樣。」

「噢，很好，」爸爸說。他讓電腦進入休眠狀態，站起身，接著，不知為何，他竟然把寇洛琳抱了起來。爸爸已經很久沒有抱寇洛琳了；自從他告訴寇洛琳她已經長大，不應該再讓人抱了，他就再也沒有抱過寇洛琳了。他把寇洛琳抱進廚房。

那天的晚餐是披薩，雖然是爸爸自己做的（所以披薩皮有的地方太厚，烤不熟，還是生的；有的地方又太薄，烤焦了），雖然他放了青椒絲、小肉球進去，最糟的是放了鳳梨丁，但是寇洛琳還是把分到的披薩全部吃掉了。

呃，她全部都吃掉了，只剩下鳳梨丁。

沒多久該上床睡覺了。

寇洛琳還是把鑰匙戴在脖子上，但是她把灰色的彈珠放在枕頭底下；那天晚上睡覺的時候，寇洛琳做了個夢。

她在野餐，在一棵老橡樹下，四周是青翠的草原。太陽高掛在空中，雖然遠方的地平線上有幾朵蓬鬆的白雲，但是她頭上的天空卻是一片湛藍。

草地上鋪著白色的亞麻布，還有滿滿盛著食物的碗盤；寇洛琳看見有沙拉、三明治、堅果、水果、幾壺檸檬汁和白開水，還有香濃的巧克力。寇洛琳坐在桌巾的一邊，其他三個小孩各坐一邊。三個小孩穿的衣服非常奇怪。

年紀最小的小孩坐在寇洛琳的左邊，他是個男孩，穿著紅色的天鵝絨及膝短褲和滾著花邊的白色襯衫；他的臉髒髒的，盤子裡堆滿了剛煮好的馬鈴薯和一整隻煮過的冷鱒魚。「這可是世上最棒的野餐了，姑娘。」他對寇洛琳說。

「沒錯，」寇洛琳說，「我想這真的是世上最棒的野餐了。不知道是誰辦的？」

「咦，我以為是妳辦的，姑娘。」一個高高的女孩說，她坐在寇洛琳對面，穿著挺不好看的棕色洋裝，頭上戴著棕色帽子，下巴繫著帽帶。「我等感激之情，言辭難以表達。」她吃著麵包夾果醬，用一把很大的刀子，熟練地從一大塊金褐色的麵包上切下一塊，然後用木頭湯匙把紫色果醬塗在上面。她的嘴巴四周都是果醬。

「正是，這是我數百年來吃過最美味的食物。」寇洛琳右邊的女孩說，她是個非常蒼白的小孩，她穿的衣服看起來好像蜘蛛網，金髮上戴了個銀色的圈圈。寇洛琳可以發誓，這個女孩的背後有一雙翅膀，就像是灰銀色的蝴蝶翅膀，而不是小鳥的翅膀。女孩的盤子裡堆滿了美麗的花朵；她對寇洛琳微微一笑，好像她已經很久沒有微笑過，幾乎快要忘記怎麼笑了。寇洛琳發現自己非常喜歡這個女孩。

然後，就像夢境一樣，野餐結束了，他們在草原上玩耍、奔跑、大叫，把一顆閃亮的球踢來踢去。寇洛琳知道這只是一場夢，因為他們都不會覺得累，也不會喘得上氣不接下氣，她甚至不會流汗。他們只是大聲歡笑，玩著遊戲，這個遊戲有點像捉鬼，有點像在玩搶球，又有點像只是在盡情地蹦蹦跳跳。

四個人之中，有三個人在草地上奔跑，蒼白的女孩則在他們頭上不遠處振翅飛翔，有時候會突然撲下來接住球，拋到空中以後再踢給其他小孩。

接著，雖然沒有人開口，但是遊戲很有默契地結束了，四個人回到為野餐鋪的桌巾上，餐盤已經收得一乾二淨，擺了四個碗等著他們來享用：三碗是冰淇淋，一碗是滿滿的忍冬花。

他們大快朵頤了一番。

「謝謝你們來參加我的派對，」寇洛琳說，「如果說這個派對是我辦的的話。」

「榮幸之至，寇洛琳，」長著翅膀的女孩一邊說，一邊咬了一口忍冬花，「真希望我們能為妳做些什麼，好感謝妳，報答妳。」

「正是。」穿著紅色短褲，臉上髒髒的男孩說。他伸出手握住寇洛琳的手，現在他的手是溫暖的。

「大恩大德，感激不盡。」高高的女孩說，現在她的嘴巴旁沾了一圈巧克力冰淇淋。

「我只是很高興，一切都結束了。」寇洛琳說。

不知是她的想像，還是確有其事，其他小孩的臉上似乎閃過一道陰影？

有翅膀的女孩把手放在寇洛琳的頭上一會兒，她髮上的銀圈像星星一樣閃閃發亮，「對我等來說，一切都結束了，」她說，「此處是我等中途停留之處，我等會從這裡出發，前往未知之地，前途如何，無人知曉……」她沉默了下來。

「事情還沒完，對吧？」寇洛琳說，「我感覺得到，就像下雨前，天空一定烏雲密佈。」

坐在她左邊的男孩努力擠出勇敢的微笑，但是他的下唇開始顫抖，他用上排牙齒咬住下唇，一語不發。戴著棕色帽子的女孩不安地動了動說：「是的，姑娘。」

「但是我把你們三個救了回來，」寇洛琳說，「我把爸爸媽媽救了回來，我關上門，鎖了起來，我還有什麼沒做的？」

男孩緊緊握住寇洛琳的手，她不禁想起，過去曾經是她緊緊握住男孩的手，那時候男孩只是黑暗中一段冰冷的記憶。

「呃，你們可以給我一點線索嗎？」寇洛琳問，「難道你們什麼都不能告訴我嗎？」

「那老太婆以她的右手發誓，」高高的女孩說，「但是她食言了。」

「我的家庭教師常說，」男孩說，「你有幾分力量，上天就給幾分責任。」

「祝妳好運，」有翅膀的女孩說，「祝妳幸運、有智慧又勇敢，不過妳已經證明妳具備這三種福氣了，而且福氣滿盈。」

「老太婆痛恨妳，」男孩突然脫口而出，「長久以來，她從未失去過任何東西。切記要聰明行事，英勇奮戰，以計謀取勝。」

「但是這不公平，」寇洛琳在夢裡生氣地說，「真是不公平，早就該結束了。」

髒臉男孩站起身，緊緊擁抱寇洛琳，「別忘了，」他輕聲說，「妳還活著，生氣十足，這一點足堪欣慰。」

寇洛琳站在草原裡，看著三個小孩離開她，穿過草地；兩個用走的，一個用飛的。滿月高掛空中，月光照得他們發出了銀光。

三個小孩來到小溪上的一座木橋，停下腳步，轉過身揮揮手，寇洛琳也向他們揮揮手。

之後就是一片黑暗。

寇洛琳在凌晨時分醒來，她很確定自己聽到有東西在動，但是不確定是什麼東西。

她按兵不動。

臥室門外傳來窸窸窣窣的聲音，她覺得好像是老鼠。門開始震了起來，寇洛琳趕緊爬下床。

「走開！」寇洛琳大叫，「走開！不然我就讓你好看！」

門停了下來，然後那個不知名的東西匆匆跑進了走廊。它的腳步聲聽起來很奇怪，有些不穩（如果那東西真有腳的話）。寇洛琳不禁懷疑，也許那是隻多長了一隻腳的老鼠……

「事情還沒完，對吧？」她對自己說。

接著她打開臥室的門。黎明前灰色的陽光照亮了整條走廊，走廊上空無一物。

她走向前門，很快地瞥了一眼走廊另一頭的全身鏡，鏡子裡面什麼也沒有，只有她蒼白的臉回望著自己，看起來很睏又很嚴肅。爸媽房裡傳來沉穩的輕柔鼾聲，走廊兩旁的房門緊閉。不管那窸窸窣窣的東西是什麼，它一定不在這裡。

寇洛琳打開前門，看著灰色的天空，不曉得還要多久才會天亮，不曉得那場夢是不是真的，但是她心裡很清楚，那場夢是千真萬確的。

有個東西從椅子下竄出，用白色的長腳瘋狂急速爬行著，衝向前門；寇洛琳剛才巡邏時一時大意，誤以為那只是椅子的陰影。

寇洛琳嚇得嘴巴都闔不上了，趕緊讓開來，讓那個東西從身邊跑出房子；它多了一隻腳，跑起來啪嗒啪嗒、喀啦喀啦地響著，像隻螃蟹一樣。

她知道那是什麼東西，也知道它在找什麼。過去幾天裡，她見過那個東西太多次了，它總是說伸就伸，說抓就抓，還會乖乖把黑甲蟲丟進另一個媽媽的嘴裡。它有五隻腳，血紅色的指甲，顏色白得像骨頭。

它是另一個媽媽的右手。

它要那把黑色的鑰匙。

Chapter 13

寇洛琳的爸爸媽媽好像一點也不記得自己待在雪景玻璃球的那段時光，至少他們總是絕口不提，寇洛琳也從不跟他們提起。

有時候她懷疑，他們到底有沒有發現自己在真實的世界裡失蹤了兩天，最後她下了結論：他們根本沒發現。可是話說回來，有些人每一天、每個小時都記得清清楚楚，有些人則比較大而化之，而寇爸爸跟寇媽媽絕對是屬於大而化之的那一種。

那天晚上是寇洛琳回到自己房間的第一天，睡覺前，她已經把彈珠放到枕頭底下了。雖然剩下沒多少時間可以睡，但是看到另一個媽媽的手以後，她還是回到床上，躺回枕頭上。

她一躺下，就聽到一陣輕微的碎裂聲。

她坐了起來，拿起枕頭。玻璃彈珠已經碎成一片一片，看起來好像是春天在樹下發現的蛋殼碎片：比如說是知更鳥破蛋而出留下的空殼，又或者更脆弱，也許是鷦鷯鳥的蛋。

玻璃彈珠裡空無一物。寇洛琳想起那三個小孩在月光下跟她揮手道別後，走過銀色的小溪。

她小心翼翼拾起薄如蛋殼的彈珠碎片，放進藍色的小盒子裡。小時候，奶奶曾經用那個小盒子裝著一條手鍊送給她。手鍊早就不見了，但是盒子卻留了下來。

史小姐和福小姐探望史小姐的姪女回來了，寇洛琳到她們家去喝茶。那天是星期一，星期三寇洛琳就開學了：新學年就要開始了。

福小姐堅持一定要幫寇洛琳讀茶葉。

「嗯……看起來大部分都是整整齊齊，井然有序的，孩子。」福小姐說。

「什麼？」寇洛琳說。

「看起來一切都很順利，」福小姐說，「呃……幾乎都很順利，不過，我不確定那個是什麼。」她指指黏在茶杯一側的一團茶葉。

史小姐噘起嘴，伸手拿走茶杯，「絲珀，妳也真是的。給我，我來瞧瞧。」

她透過厚厚的眼鏡，瞇起眼睛瞧，「噢，親愛的，不，我不知道那是什麼意思，看起來好像一隻手。」

寇洛琳瞧了瞧。那團茶葉真的有點像一隻想抓住東西的手。

蘇格蘭犬哈米許躲在福小姐的椅子下，說什麼也不肯出來。

「我想牠可能不太舒服，」史小姐說，「牠的身體旁邊劃了道口子，可憐的小東西。過一會兒，我們要帶牠去看獸醫。真想知道是誰幹的好事。」

寇洛琳知道，不採取行動不行了。

暑假的最後一週，天氣好得不得了，好像夏天想在結束前送給大家幾個晴朗美麗的日子，作為一整季爛天氣的補償。

樓上的瘋老頭看見寇洛琳從史小姐和福小姐家出來，往下叫住了寇洛琳。

「嘿！嗨！喂！卡洛琳！」他靠著欄杆，大聲喊著。

「是『寇洛琳』，」寇洛琳說，「老鼠還好嗎？」

「有東西嚇到牠們了，」老頭邊說邊抓抓鬍鬚，「我想家裡可能有隻黃鼠狼，我晚上聽到牠發出聲音。在我的老家，我們會弄個陷阱抓黃鼠狼，可能擺些肉或是牛肉餅，等牠出來想飽餐一頓的時候，就『碰』的一聲抓個正著，從此一勞永逸。老鼠真的很害怕，連牠們的小樂器都不敢碰了。」

「我想那東西不想吃肉。」寇洛琳說。她伸出手摸摸掛在脖子上的黑色鑰匙，然後進了門。

她洗了個澡，洗澡的時候也一直把鑰匙掛在脖子上，再也沒有拿下來。

寇洛琳上床睡覺後，突然有個東西在刮臥室的窗戶。寇洛琳快要睡著了，可是她還是偷偷溜下床，拉開窗簾。一隻有著紅色指甲的白色手掌從窗台跳到排水管上，瞬間不見蹤影。窗戶的外側有幾道深深的刮痕。

那天晚上，寇洛琳睡得很不安穩，不時醒過來，想要想出萬全的計畫，陷入沉思之中；想著想著不知不覺睡著了，不曉得自己是在沉思，還是在做夢，還不時側耳傾聽是不是有東西在刮窗戶，或是在刮臥室的門。

到了早上，寇洛琳對媽媽說：「今天我要跟我的洋娃娃去野餐。我可以借條床單當桌巾嗎？只要妳不用的舊床單就行了。」

「我想我們家沒有舊床單，」媽媽說著，打開廚房裡裝餐巾和桌巾的抽屜，伸手進去亂翻一陣。「等等，這個可以嗎？」

那是張折好的拋棄式紙餐巾，上面印滿了紅色的花朵，是好幾年前他們去野餐時剩下來的。

「太好了。」寇洛琳說。

「我還以為妳再也不玩洋娃娃了呢！」寇媽媽說。

「我才不玩洋娃娃呢！」寇洛琳承認，「它們是我的障眼法。」

「那麼，要記得回來吃午飯喔，」媽媽說，「好好玩。」

寇洛琳把洋娃娃和幾個洋娃娃用的塑膠茶杯放在一個硬紙箱裡，再拿了一個瓶子，把瓶子裝滿水。

接著她就出門了。她就像平常要去買東西一樣，走到馬路上，但是還沒走到超市，她就跨過一道柵欄，走進一片空地，再沿著一條古老的馬路繼續走，然後從一道圍籬的底下爬過去。她得分兩趟爬過圍籬，才不會把瓶子裡的水灑出來。

這條路很長，彎彎曲曲，繞來繞去的，但是走完全程，都沒有人跟蹤她，寇洛琳鬆了口氣。

她從荒廢的網球場後面出來，穿過網球場，來到一片草地，草地上長長的草兒隨風飄揚。她在草地邊緣發現了幾塊木板；木板非常沉重，一般小女孩就算使盡全身的力氣還是很難抬起來，但是寇洛琳辦到了，她沒有別的辦法。她把木板一塊一塊拉起來，使出吃奶的力氣，汗流浹背。木板底下有個深深的圓洞，是口用磚頭圍成的井，聞起來潮濕陰暗，井裡的磚頭又綠又滑。

她攤開桌巾，小心翼翼地鋪在井口，在井口邊每隔一小段距離就放一個塑膠洋娃娃茶杯，再把瓶子裡的水倒進茶杯，增加茶杯的重量。

她在每個杯子旁的草地上各放一個洋娃娃，盡量弄得像洋娃娃在喝下午茶，然後沿著原路折返，又爬過圍籬，走過滿是灰塵的黃色馬路，繞過商店的後門，往家裡走去。

她伸手從脖子上拿下鑰匙，抓著繩子在手上晃啊晃，好像在隨手把玩鑰匙，然後她敲了敲史小姐和福小姐的家門。

史小姐打開門。

「哈囉，親愛的。」她說。

「我不想進去，」寇洛琳說，「我只想知道哈米許好了點沒。」

史小姐嘆了口氣，「獸醫說哈米許是個勇敢的小士兵，」她說，「幸運的是，那道傷口似乎沒有感染。我們真難想像是誰幹的。獸醫說可能是動物，但是不知道是哪種動物；波波先生說，他覺得可能是黃鼠狼。」

「波波先生？」

「頂樓的老頭啊！他就是波波先生啊！我想他一定來自馬戲團家族。他好像是羅馬尼亞人，還是斯洛維尼亞人？立沃尼亞人？天啊，我想不起來了。」

寇洛琳發現自己從來沒想過樓上的瘋老頭竟然會有名字，要是她早知道他的名字叫波波，她一定一有機會就拚命喊他的名字。畢竟，能大喊「波波」這個名字，還真是千載難逢的機會。

「噢，」寇洛琳對史小姐說，「原來他叫波波先生，好吧！呃……」她稍微放大了音量，「我現在要去跟我的洋娃娃玩了，就在那座舊的網球場，要繞到後頭去。」

「不錯呀，親愛的，」史小姐說完，壓低了聲音繼續對寇洛琳說，「妳可要留心那座古井。妳還沒出生的時候，這裡住了個羅瓦特先生，他說他覺得那座井可能比半哩還深。」

寇洛琳希望那隻手沒聽到最後這句話，趕緊轉移話題。「妳說這把鑰匙啊？」寇洛琳大聲說，「噢，那只是我家的舊鑰匙，我拿來玩遊戲的，所以我才用繩子掛在脖子上。好啦，再見囉！」

「真是個奇怪的孩子。」史小姐一邊關上門，一邊自言自語。

寇洛琳漫步走過草地，往舊網球場走去，一邊走，一邊抓著繩子，把那把黑色的鑰匙晃來晃去、盪來盪去。

好幾次她都以為自己看到樹叢下有個東西，那東西的顏色跟骨頭一樣白，在離她大約三十呎的地方，悄悄跟著她。

她想要吹口哨，但是卻吹不出來，於是她大聲唱起歌來，那是爸爸在她小時候為她寫的，總是能逗她笑開懷。那首歌是這樣唱的：

女孩女孩真古怪
其實是個乖小孩
送妳幾碗麥片粥
再來幾球冰淇淋
香吻印滿妳臉龐
時時不忘大擁抱

親手做做三明治
好討女孩妳歡心
大口咬下別擔心
沒有甲蟲掃妳興！

她一邊唱著這首歌，一邊漫步走過樹林，她很勇敢，聲音幾乎沒有顫抖。洋娃娃的下午茶還是如她原來擺放的模樣。她很慶幸今天沒有風，每樣東西都還在原位，裝滿水的塑膠杯順利完成任務，穩穩壓住了紙桌巾；她鬆了一口氣。

現在要進入最困難的部分了。

「各位洋娃娃大家好，」她爽朗地說，「下午茶時間到囉！」

她走近紙桌巾，「我帶了幸運鑰匙來，」她告訴洋娃娃，「好讓我們的下午茶能一切順利！」

然後她小心翼翼彎下身，輕輕把鑰匙放在桌巾上，但手裡還是抓著繫鑰匙的繩子。她屏住呼吸，希望井口的水杯能壓住桌巾，讓桌巾撐住鑰匙的重量，不會掉進井裡。

鑰匙安放在紙餐巾的中央。寇洛琳放開繩子，退後一步。現在全看那隻手了。

她轉向洋娃娃。

「誰想來塊櫻桃蛋糕？」她問，「潔米瑪？蘋奇？萍蘿絲？」接著她一邊為每個洋娃娃切一塊看不見的蛋糕，放在看不見的盤子上，一邊開開心心地跟洋娃娃聊天。

她從眼角餘光瞄見有個白得像骨頭一樣的東西，從一棵樹跳到另一棵樹，愈來愈靠近。她逼自己不要去看。

「潔米瑪！」寇洛琳說，「妳真不乖！把妳的蛋糕弄掉了！現在我得過去幫妳再切一塊新的了！」說完，她繞過洋娃娃的下午茶派對，到了離那隻手最遠的地方。她假裝清理撒出來的蛋糕，再幫潔米瑪重新切一塊。

然後傳來一陣吱吱喳喳的聲音，那隻手悄悄跑過來了；它用指尖跑著，穿過高高的草叢，爬上了一棵樹的殘株，在那裡稍作停留，好像是隻螃蟹嗅著空氣，偵測四周的動靜，一見四下無人，就奮力一跳，跳進紙餐巾正中央，指甲還發出喀嗒喀嗒的聲音。

寇洛琳覺得時間慢了下來。那隻白色的手抓住了黑色的鑰匙……接著，那隻手的重量跟衝力壓得塑膠杯子飛了起來；紙餐巾、鑰匙和另一個媽媽的右手一起滾落了深不見底的古井中。

寇洛琳開始慢慢默數，數到了四十，才聽到古井深處隱約傳來水花聲。

有人曾經告訴她，如果從礦井底下往上看天空，即使在最晴朗的白天，還是能看見夜空與星星。寇洛琳心想，如果那隻手現在往上看，不知能不能看到星星？

她把沉重的木板蓋回井口，仔仔細細的蓋好；她不希望有東西掉進去，更不希望有東西爬出來。

接著，她把洋娃娃和杯子放回原來的硬紙箱，突然，有個東西吸引了她的目光，她抬起頭，正好看到黑色的貓咪昂首闊步走向她，尾巴翹得老高，尾端繞成了個問號。自從他們一起從另一個媽媽的地方回來以後，寇洛琳已經好幾天沒看見牠了。

貓咪走向她，跳上蓋住井口的木板，然後一隻眼睛慢慢向寇洛琳眨了眨。

牠跳到寇洛琳前方長長的草地上，滾成了四腳朝天，開心地手舞足蹈。

寇洛琳搔搔貓咪肚子的軟毛，替牠抓抓癢，貓咪舒服地發出呼嚕呼嚕聲。等牠享受夠了，牠就翻過身，走回網球場，看起來好像是正午時分的一小片午夜。

寇洛琳走回家。

波波先生在馬路上等著她；他輕輕拍拍寇洛琳的肩膀。

「老鼠們告訴我一切都很好，」他說道，「牠們說妳是牠們的救星，卡洛琳。」

「波波先生，我叫寇洛琳，」寇洛琳說，「不是『卡』洛琳，是『寇』洛琳。」

「寇洛琳，」波波先生默默複述著寇洛琳的名字，充滿了驚奇與尊敬。

「很好，寇洛琳。老鼠叫我一定要告訴妳，等牠們準備好公開表演，一定要馬上請妳上來看牠們表演，當第一個觀眾。牠們會演奏『咚咚咚』還有『嘟嚕嚕』，還會跳舞，表演好多種特技。牠們真的這樣跟我說。」

「等牠們準備好，」寇洛琳說，「我非常樂意去看看。」

她敲敲史小姐和福小姐的門，史小姐開門讓她進去，寇洛琳走進了客廳。她把裝了洋娃娃的盒子放在地上，然後伸手從口袋拿出那顆有洞的石頭。

「還給妳，」她說，「我再也用不著了。我真的很感激，我想它不只救了我，還救了其他人的命。」

她緊緊抱了抱史小姐和福小姐，不過史小姐太胖了，寇洛琳的手幾乎圍不住，而福小姐剛剛在切生大蒜，全身都是大蒜味。接著寇洛琳拿起裝滿洋娃娃的盒子，走出門。

「真是個奇怪的孩子。」史小姐說。自從她從舞台退休了以後，就再也沒有人那樣抱過她了。

那天晚上，寇洛琳躺在床上，澡已經洗好，牙也刷了；她張著眼睛，盯著天花板。

既然天氣這麼溫暖，那隻手也已經不見了，她就打開了臥室的窗戶。她堅持要爸爸把窗簾留個縫。

上學穿的新衣服已經放在她的椅子上，她一醒來就能穿。

通常，在開學的前一天，寇洛琳都會覺得很害怕、很緊張，但是她發現，學校已經沒什麼好讓她害怕的了。

她彷彿聽到夜空中傳來陣陣美妙的音樂，這種音樂只能用最小的伸縮銀喇叭、小喇叭、低音喇叭，還有小巧的短笛，才能演奏出來；也只有白色老鼠的粉紅色小指頭，才能按到這些迷你樂器的按鍵，演奏出這麼悅耳的音樂。

寇洛琳幻想自己回到了夢中，跟兩個女孩和一個男孩在草原的橡樹下玩耍；她微微笑了起來。

等到天邊出現了第一顆星星，寇洛琳終於沉沉睡去；樓上，老鼠馬戲團輕柔的樂聲飄揚在溫暖的晚風裡，宣佈著夏天就快要過去了。

國家圖書館出版品預行編目資料

第十四道門/尼爾.蓋曼(Neil Gaiman)著；馮瓊儀譯. -- 二版. -- 臺北市：皇冠文化出版有限公司, 2023.06
面； 公分. -- (皇冠叢書；第5099種)(Choice；363)
譯自：Coraline
ISBN 978-957-33-4032-4(平裝)

873.596 112007608

皇冠叢書第5099種
CHOICE 363

第十四道門

Coraline

作　　者—尼爾．蓋曼
譯　　者—馮瓊儀
發 行 人—平　雲
出版發行—皇冠文化出版有限公司
台北市敦化北路120巷50號
電話◎02-27168888
郵撥帳號◎15261516號
皇冠出版社（香港）有限公司
香港銅鑼灣道180號百樂商業中心
19字樓1903室
電話◎2529-1778　傳真◎2527-0904
總 編 輯—許婷婷
責任編輯—黃馨毅
美術設計—嚴昱琳
行銷企劃—鄭雅方
著作完成日期—2002年
二版一刷日期—2023年06月

法律顧問—王惠光律師

讀者服務傳真專線◎02-27150507
電腦編號◎375363
ISBN◎978-957-33-4032-4
Printed in Taiwan
本書定價◎新台幣320元/港幣107元